天下第一奇書

雙凶．黑獄

紫青雙劍錄 9

倪匡 新著

還珠樓主 原著

目錄

本冊簡介……4
上卷提要……6
第一回 小試魔鏡 鬼奴映雪……9
第二回 半身少女 避劫老人……45
第三回 三小揚威 雙凶肆虐……75
第四回 三屍元神 妖魂飛遁……107
第五回 四九重劫 三仙攜手……121

第六回 血神妖孽 七情迷魂……145
第七回 一老三小 魔教黑獄……181
第八回 地獄魔法 陰陽主魔……203
第九回 追敵損寶 二邪相遇……227
第十回 藏珍出世 二老鬥氣……249
第十一回 五行雲錦 藍田玉實……275
第十二回 黑宮鬥法 混沌一氣……297

【本冊簡介】

原著在經過刪改之後，本卷寫到東海雙凶鬥法落敗之後就已結束，接下去的是續寫。

續寫的第一個情節，是把星宿神魔的魔教黑地獄實寫，那是原書中一再提及的一大關節。

再是把萬妙仙姑許飛娘安排落入綠袍老祖之手，大快人心，是這個妖婦應有之下場。接著安排「神駝」乙休去大鬧丌南公的黑神宮，

盡顯原著精神，使情節熱鬧生動——這是當年一鼓作氣下做的事，十年之後的今日再要來續寫，只怕一個字也寫不出，銳氣已在那次續寫中用光了！

——倪匡

【上卷提要】

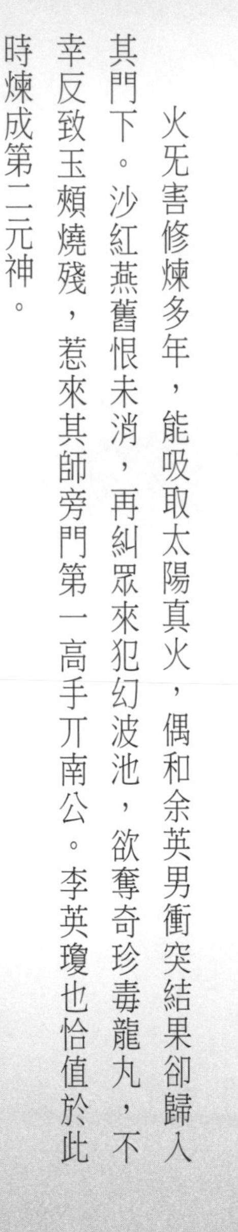

火旡害修煉多年，能吸取太陽真火，偶和余英男衝突結果卻歸入其門下。沙紅燕舊恨未消，再糾眾來犯幻波池，欲奪奇珍毒龍丸，不幸反致玉頰燒殘，惹來其師旁門第一高手丌南公。李英瓊也恰值於此時煉成第二元神。

易靜主持仙陣，與丌南公訂約，如南公三日內不能破五遁便不得再糾纏。南公破五遁，卻為盧嫗吸星神簪寶光制住，最後由竺笙化解冤仇。

易靜為修煉元神，自毀容貌，需兩種靈藥，前生愛侶陳岩請纓前往金銀島取藥，豈料得罪島主，歷盡艱辛才取藥到手，回途中無意誤動絳雲真人禁制，首次見識到水母獨門仙法癸水雷珠，無法脫身，最後仗燃脂神僧所借香雲寶蓋護身脫困。

易靜和赤身教主鳩盤婆前生已有嫌隙，因追妖人誤闖魔宮，身陷血河陣中，認出乃仇人師徒二人。

鳩盤婆潛修多年，魔法日精，易靜仗法寶之助也僅能護身，不能脫困，妖人魔法連施，卒催動九子母天魔攻入寶光內；易靜拚受魔啖之苦，以為日後成道之助。

鳩盤婆自知天劫將至，欲速把易靜除去，奈何對方強援齊至，反假手天劫消滅妖人。

第一回 小試魔鏡 鬼奴映雪

幻波池眾人，自從易靜一去不歸，李英瓊人最俠義，又和易靜、癩姑情勝同胞，本就關心。正談話間，回顧上官紅不在，忙即追出尋找，哪有蹤影，知道此女對師忠義，定必不顧命趕去，這一急真非小可，本來當時便要追去，恰遇方瑛、元皓由外飛回，將英瓊攔住。

金蟬、石生、朱文三人與英瓊一般心理，恨不能當時便往魔宮趕去才對心事。方、元二人再四勸阻。

朱文因和易靜交厚，深知「天心雙環」合璧以後，萬邪不侵，又各持有幾件仙府奇珍，即便此去不能取勝，決不至於為邪魔所害。方才余英男也有必往之意，英男名列「三英」，近又得到「離合神圭」，新收弟子火旡害如論功力比她還高。

石生更照例是和金蟬形影不離，有此師徒五人同往，萬無敗理！至不濟也多除掉一些魔鬼，顯得同門義氣，主意早已打好，本來堅持非去不可。偶一回顧，見癩姑始終微笑不語，若無其事，心中奇怪，便問：「癩姑姊姊怎不開口，莫非胸有成竹麼？」

癩姑笑道：「自來修道人都不免於險阻艱難，易師姊累生修為，今生方有成道之望，如該遭劫，師父怎會命她當此大任？」

眾人一想，雖仍不放心，也知自己趕去，於事無補，只得靜候佳音。一晃多日，那一日金蟬在洞外閒坐，火旡害走過來，說起幻波池中聖姑珍藏之事。

火旡害得道年久，見聞廣博，知之甚詳，金蟬問起，火旡害便道：「幻波池北洞水宮之下，珍藏極多，而那寶庫之中，存有聖姑昔年遺留的一面『元命牌』，乃聖姑成道以前受一左道妖邪暗算，將元神攝去，仗道力堅定，未受其害，此牌也經聖姑一位好友設法取回，免去一場大劫。聖姑美絕天人，為當時各派群仙中第一美人，那邪魔愛之如狂，攝了元神，不忍加害，並將本身元神同附其上，欲與共同存亡。是以這面『元神命牌』不破，聖姑始終不能證果飛升！」

金蟬聽火旡害如此說，也不禁駭然，正談說間，朱文走來，火旡害藉詞離去。朱文一見金蟬，便逼金蟬齊往魔宮，為易靜聲援，又早已拉了余英男同行。金蟬強不過朱文，只得一起駕遁光向九盤山魔宮飛去。飛行神速，不消多時便入大雪山境。

正行之間，瞥見前面暗雲中金霞一閃，金蟬正指朱文觀看，忽聽面前有一少女笑道：「前面去不得，到我小寒山荒居一敘如何？」

三人看出來人正是小寒二女中的謝琳，笑問：「大姊怎未同來？前途如何不能過去？」

謝琳笑道：「家姊近修上乘佛法，終日靜坐像個老和尚，比起以前簡直換了一人。從今年起，我兩姊妹不似前行止與共了。說來話長，請到我靈石築一談如何？」

三人知她師徒法力高強，忍大師長年清修，素無外人登門，謝琳必奉師命行事，內中當有原因，只得一同起身。

只見又是金霞一晃，眼前微微一花，身已落地，面前立現奇景。想不到數年之隔，謝琳竟有這等法力，好生驚佩。再看當地正是小寒靈景，遙望前面峰崖上小亭之中坐一妙年女尼，正在閉目入定，知是忍大師，忙即趨前下拜。

謝琳請起笑道：「家師現正神遊，請到靈石築把那位有道行的小尼姑喚了起來。這是遠來嘉客，難得登門，莫非不該接待，又怪我擾她禪課不成？」

三人知道謝瓔、謝琳同胞孿生，以前行止言動宛如一人。自從謝琳在雙杉坪偷學絕尊者《滅魔寶籙》以來，一個苦煉《滅魔寶籙》，一個勤修上乘佛法。二人雖然同是佛家一派，卻有動靜內外之分，只管將來殊途同歸，無形中卻變了一點性情，謝瓔禪關一坐重經旬月，謝琳除卻應坐禪功之外，終日營營祭煉法寶之時為多。

三人道：「大姊正在用功，如何擾她清修。」

忽聽身後笑道：「琳妹你又編排我什麼呢？」三人回頭一看，正是謝瓔。並未改易禪裝，穿著一身白色仙衣，縞衣如雪，越襯得珠玉精神。二女隨請同往靈石築敘談。

到了屋後，謝瓔道：「易師姊劫難難免，早去無益。老魔鳩盤婆有一師兄，現住在西崑崙星宿海。那魔頭神通廣大，更擅前知。新近算出鳩盤婆將遭劫難，因知鳩盤婆魔法甚高，一任敵人防備多嚴，即便天劫難免，所煉九個化身終有一兩個殘魂逃出羅網。特在左近崖頂設下一壇，算計鳩盤婆殘魂逃路所往，攝回山去用魔法祭煉，使其元神凝固，復體重生。這廝一向自大，目中無人，所布魔網橫亙天半，看去不見形影，空中飛行容易撞上。休看三位道友帶有法寶防身，至多當時不為所害，從此如影隨形，早晚受他暗算！」

朱文一聽魔頭如此厲害，擔心易靜安危，仍想同往魔宮一探，即便不能救，看上一眼也好。便問魔頭叫甚名字，以前怎未聽說？

謝琳笑道：「這些都是昔年倖逃天劫漏網的一班邪魔，全是極惡窮凶之輩。只為大難之後，知道天劫威力，生了戒心，分藏極邊僻遠之區苦煉妖法異寶，以為抵禦二次天劫之用，已有多年銷聲匿跡不曾出世，我們得道年淺，自然知道的少！」

金蟬三人知道小寒山二女向不服人，尤以謝琳為甚，居然說得那麼厲害，互一商量，覺著瓔琳姊妹這等說法，沒奈何只得中止前念。

但三人知道謝瓔所煉「須彌神光」一經施展，千里之外景象如在目前，便齊請一展神通，看看易靜和老魔頭的情形。

謝瑛微笑不應，謝琳笑道：「姊姊只管把『須彌神光』放出，萬一有事，我必前往效勞如何？」

謝瓔微笑道：「琳妹自習寶籙以來，雖具降魔願力，如論上乘禪功佛法，直似無甚進境。」

謝琳笑道：「我煉《滅魔寶籙》，發有宏願，專重外行，禪修較少，你不過比我禪功精進，如論法力，卻比我差，將來遇到魔難，我不給你護法，看是道長，還是魔高！」

謝瓔微笑不答，謝琳嗔道：「姊姊，人家要看『須彌神光』哩，只管裝道學則甚？」

謝瓔先朝三人臉上看了一看，然後笑道：「琳妹就是這等性急！平日到處搜羅奇花異果，靈藥仙釀，今日佳客登門便說個沒完，如何不去取來待客呢？」

謝琳笑道：「還用你說，我早準備好了！」話未說完，眾人原來圍坐在一座四外空靈敞朗，外有平臺，種滿琪花瑤草的石屋之內，面前各有一個玉几。

謝琳話一出口，忽聞異香清馨撲鼻，各人玉几上面同時現出大約二尺、形色不同而製作古雅的一個玉盤和一個玉杯。盤中堆滿各色珍果，均是海內外名產仙果。內有兩種連峨嵋開府盛宴均未見過，三人自是驚讚不已。

金蟬見內有兩種異果形似五色櫻桃，宛如寶玉明珠，鮮豔奪日，乃紫雲宮所產仙果玉女櫻，笑問：「二位姊姊近年見過靈雲家姊麼？」

謝琳微笑不語，謝瓔笑道：「舍妹專喜弄些狡獪，自從上次大咎山回來，我姊妹共只出山一次。這些都是她新收鬼奴代為覓來。」

朱文笑問：「二姊收有門人麼？叫甚名字？何不令其來見？」

謝琳氣道：「姊姊還說我多口，這樣一點小事也對人說。你看諸位道友所收弟子不是金童便是玉女，我老想收一個好徒弟，只趕上官紅一半就心滿意足。誰知才一出手便收了一個小黑鬼，想起就生氣。想不要罷，她又一味死纏，寧死不走，氣得無法，叫她做我女奴，不算徒弟，她偏願意。帶了出去和人家一比，有多丟人呢！」

三人知道謝氏姊妹法力高強，所收弟子至多容貌醜怪，決非尋常，同聲請其喚來相見，謝琳不肯，謝瓔笑對眾人道：「琳妹童心未泯，覺得鬼奴貌醜，美中不足。實則此女雖然是鬼魂煉成，難得向道心堅，數百年苦功才有今日。不過想要尋一好廬舍使其回生，在未如願以前不願人知罷了。」

金蟬接口答道：「貌醜無妨，休說靈嶠仙府藍田玉實可以求取，便我小南極光明境也有不少的靈藥可以凝神固魄，化醜為美。」

謝琳聞言面有喜容道：「陳岩道友和李洪師弟，還有一位貴派師兄名叫笑和尚的，近在海外得了不少的靈藥，對於鬼奴均有大用。人家得來很難，不好意思討要便了。」

金蟬道：「此事包在我身上，這些靈藥在笑師兄等三人手內，見面便可要來奉贈。我最想笑師兄，請大姊把『須彌神光』放出一觀如何？」

謝琳笑答：「既然非看不可，只有從命！」謝瓔一面勸用酒果，一面隨即雙目垂簾。

待不一會，手指上有一圈慧光飛起。先是淡微微一片金霞閃過，跟著現出大片海洋和陳岩、李洪、蘇憲祥、虞孝、狄鳴岐、歸吾、南海雙童以及笑和尚等近些日來經歷，似走馬燈一般，有的竟分兩三起同時出現，全都如在目前，包羅萬象，纖微畢睹。

（按：此段寫「須彌神光」現象之奇，最是神妙，尤其是「有的竟分兩三起同時出現」，簡直就是到六十年代方始發明的銀幕上的「分割畫面」手法！）

後又現出易靜追趕老魔趙長素誤入魔宮，剛一飛過不久，雪山上空暗雲之中突有一點火星飛墮，到了危崖之上倏地爆散，現出一個頭戴紫金冠，身穿五雲仙衣的美少年。身後背著一個大葫蘆，腰掛金刀，頭和手足各戴一枚金環，乍看也分不出是邪是正。

剛一落在高崖之上，回顧西北方微微一笑，隨把腰間金刀拔出，手掐法訣，回手用刀尖朝身後葫蘆頂上拍了一下，再往外一甩，立時有一溜煙隨刀而出，箭也似急射向身前雪崖之上縮為一團，就地一溜滾，接連急轉了兩下爆散，現出一個似人非人似鬼非鬼，穿著一身灰白色緊身短衣，手持一根兩頭尖的鐵釘，跪伏在地。

似這樣接連數十百次過去，均有同樣鬼物隨同刀尖黑煙甩處四下飛射，落地現形，環跪少年身側。事完再將手往外一揚，立有一般黑氣由葫蘆中蓬勃而起，直上雲霄，晃眼比電還快展布開來，化為一片極淡的煙幕橫亙天半。少年又朝葫蘆連指，頻頻施為，隨見數十百股黑煙飛舞而出落在地上，黑煙散處化為弓箭刀矛、旛幢法器以及各種塔壇之物。

那百十個鬼物現形之後在旁跪伏待命，少年把手一揮，立時爭先上前把那黑煙所化之物紛紛拾起，連插帶堆，轉眼之間建成一座廣約數畝的神壇。妖道原立崖前，也未見怎行動，人影微閃，便在法壇中心持刀而立。只見陰風慘慘，整座法壇全在大片黑煙籠罩之下，看去氣象幽厲陰森怖人！

妖道忽然雙臂一振，身上衣冠全數脫去，立即飛起一片血影，將之護住，滿壇飛馳，出沒千百妖旛之中。所到之處煙雲浮動，滾滾飛揚，變幻無方，情勢詭奇。妖道越轉越急，倏忽如電，隱現無常。

似這樣經過些時，血光閃處，重又穿上衣冠，在千百魔鬼旛幢環繞之下，滿面均是笑容。朝著左側揚手飛起十餘個大小光圈分佈壇上，妖道由圈中往外查看了一陣，手中刀一揮，全壇立隱。所有千百魔鬼和那隱現無常的大小旛幢全數不見。只剩妖道一人坐在一個冰崖凹中，身上裝束也換了原樣，看去像個遊方道士，神態十分和善，與先前所見迴不相同。

待了一會，似有什麼警兆，面容驟變，當時起立將手一指，方才那片橫亙天半的煙幕突轉粉紅色，在暗雲中一閃不見。同時由遠方飛來一道遁光，剛看出是上官紅衝風破雲而來，快要撞上煙幕之上，忽然一閃不見。跟著便見那道遁光又在壇後出現。

那一大片雪崖魔網高張，上與天接，竟未看出如何飛渡！妖道似因來人已快入網，無故失蹤，面帶驚憤之容，將手連揚，立有大蓬五色光針由手指尖上飛起，暴雨般飛射過去，神速已極！

待了一會，光針突分三面飛回，妖道好似不曾追上來人，面帶驚疑。隨把雙目閉上微一尋思，忽然暴怒，當身躍起化為一溜黑煙帶著大蓬火星，朝先前來路飛去，也是一閃不見。約有半盞茶時，仍是一點火星自空飛墮，現出原形，朝左側面目射凶光，陰惻惻冷笑了兩次，身形忽隱，更不再現。

謝瓔慧光跟著收去，睜眼笑道：「道友看見了麼？這便是前些日的經過。可惜魔法太強，小妹功力不濟，只能見形，聽不出老魔聲音，否則還要詳細。上官紅由那雪崖上空飛過，因來勢太急，妖道想發話禁止都來不及。本來想將來人擒住喝問來歷，幸而家師早有準備，用無相神光將其護住，由高空中不動聲色移過崖去。妖道以為他那魔網橫亙空中，來人竟會看破，當是有心為難，竟將魔教中的『七絕魔針』發將出來！」

三人知那妖道，便是鳩盤婆的同門，星宿海星宿神魔，看來果然魔法高強，非同小可。正想再問，謝瓔已道：「愚姊妹奉家師之命挽留佳客，一半也為三位道友多煉一種防身法術以便異日之用。」隨請三人用了一些酒果，再由謝琳陪往左近小琳宮洞內同煉佛法。

三人先想謝琳愛好天然，所居必比靈石築還要華美。到後一看，內裡竟是黑沉沉伸手不辨五指。金蟬慧目法眼，平日多濃厚的妖煙邪霧均能透視，到了洞中竟看不出絲毫景物。

謝琳笑道：「此是魔教中的『黑地獄』，千百年來只令師祖長眉真人以玄門無上大法通行過一次，使其大放光明，把對方千百年收斂的陰霾罡煞之氣所煉邪霧化為烏有。今照著《滅魔寶籙》現出此景，小妹請三位道友來此，以本身定力智慧戰勝邪魔。到時最好心超物外，一念不生。否則牽一髮而動全身，雖是依樣葫蘆，虛驚仍所難免，必須小心才好！」

三人聞言，知道良友藉此考驗道力，以為未來之用，此中威力必不在星宿海魔宮埋伏之下！如此看來，忍大師佛法神妙，必是算出將來自己等人，定有星宿海之行，魔宮黑地獄邪法厲害，是以令自己先有防備，免到時措手不及。

三人凝神以待，謝琳引三人去至裏面坐下說道：「小妹就要獻醜，三位道友分坐在此，如有警兆，能以定力戰勝更好，否則便將諸寶取出一試。好在此是演習，不致走火入魔。西崑崙魔宮與此大同小異，請各位準備罷！」

說時三人先覺彼此相隔頗近，只謝琳一人略有一條金霞罩的淡影，餘者全看不出。等到話完，謝琳人影不見，再喚同來兩人，全無回應！當時只覺微微一暈，彷彿船行大海之中遇見浪頭略為顛簸，隨即靜止。

金蟬正連呼「文姊、余師姊」，忽聽暗影中起了一種異聲。乍聽彷彿二女似在回應，不知怎的，心旌搖搖，神魂似欲飛起，思潮起伏，萬念俱來！知道不妙，忙把心神收攝，按照本門「太清仙法」用起功來。剛把心神寧靜，異聲也止，心想謝家姊妹雖非外人，被其困住仍是難堪。

心念才動，瞥見暗影中似有人影閃動，方想三人如在一起，將各人的法寶飛劍全施出來，決可無害。心念一動，元神又在搖動不寧，心身也跟著煩躁起來。同時瞥見另一面暗影中飛起一圈心形寶光，正是朱文的「天心環」。光並不強，看去不過尺許大小一圈。前見兩條黑影同樣也有「天心環」和「離合神圭」等寶光出現。

金蟬近來功力大進，匆促間真假難分，又知道這類魔法專攝人的心神，忙運玄功二次澄神定慮，潛光內視，不去理他。心神方一寧靜，前面黑影寶光忽隱，只剩右側心形寶光，外青內白，一圈晶瑩瑩的光華懸空不動。暗忖魔法乃謝二姊主持，並非真遇敵人，胡思亂想作甚！二次又把心神守住，打坐起來。誰知魔陣之中絲毫念頭都轉不得，雖心神收攝得快，魔法已自發動。如非謝琳在暗中主持，發動較慢，金蟬雖不至於受傷，也必鬧得手忙腳亂了！

金蟬第二次正運玄功打坐，忽聽天風海濤之聲起自遙空，跟著烈烈狂飆夾著萬丈黃沙，宛如億萬霹靂，排山倒海一般由暗影中狂湧而來，彷彿連人都要吹化神氣。金蟬定力極堅定，除卻朱文是他累生愛侶，時刻關心，遇到魔法暗算時難免搖動，偶一動念也即寧止。

謝琳原因金蟬等三人西崑崙魔宮之行必不能免，恐三人功力不濟，上來並未施展全力。及見三人中，宗英男自一開頭便照師傳「太清仙法」運用玄功把心神守住，慧珠自瑩，一念不生，絲毫不因假設試驗而稍鬆懈，功力也極精純，處處顯得平日用功之勤。

再看金、朱二人，一個童心未退，又和朱文情感太厚，雜念一生，魔頭乘虛而入，差一點心神沒有搖動！一個又是好勝心切，上來便把「天心環」放起，小心防禦，事出勉強。似此形勢，以後遇到危機決不能處之泰然！

謝琳心知定數使然，除盡力使二人明白魔宮黑地獄厲害，並多作警戒之外，也無法可施，又過了些時，金蟬等三人正在各以本身功力支持，忽聽謝琳笑道：「夠了夠了！西崑崙魔宮經老魔頭多年布置，方圓千里之內步步皆是埋伏，魔法非但陰險凶殘，並有幾件魔教中的異寶，和空際星辰攝取來的三十四色天星奇光和五行真氣所煉秘魔靈珠，威力大得出奇。三位還要多加小心！」

金蟬把眼睛睜開，見洞中光明如晝，再看朱文、英男就坐在身旁不遠的玉墩之上，及問經過，並未離開一步。三人相去最遠還不過丈，方才竟會無聞無見！

當地原是謝琳獨自用功之所，四壁明如晶玉，清潔異常。室中只有一個玉蒲團和壁間所懸一柄羽扇，一個葫蘆。三人互相說笑了一陣，謝琳便照師令傳授「金剛禪法」，三人原有根底，只在室中同用了一兩天的功夫便全由心運用，定力越發堅強。

謝琳見三人「金剛禪法」已能由心應用，知道將來西崑崙魔宮「黑地獄」之行，危險可以減少，對良友總算盡了力，心中甚是快慰。三人問起鬼奴來，問她收徒經過，謝琳只是支吾。

朱文笑道：「我知二姊令高足決非尋常人物，便是鬼魂修成，既然向道堅誠，又得二位姊姊真傳，將來必有成就，何苦叫她『鬼奴』，有多難聽呢！」

謝琳道：「這鬼丫頭曾在一個著名妖邪門下，後見乃師淫惡太甚，跑了出來。此時貌相原非醜怪，逃時惟恐妖師擒回去受煉魂之慘，逃到途中，遇一異人將她形貌行法毀去，變得又黑又醜。因她修煉年久，元氣已凝煉，平日看去無異生人。」

三人聞言，同聲勸說：「此女向道心堅，對師忠義，二姊不可以貌取人，務必善待。」

謝琳微笑不語，談到第三日早上，一同告辭起身。三人謝別上路，謝琳堅執護送，直送到五百里外方始分手。途中經謝琳指點魔頭設壇行法之處，金蟬運用慧目法眼仔細觀察，只見慘霧愁雲籠罩其上，什麼也看不見。謝琳掐靈訣朝空一揚，面前現出一個光圈，眾人往裡一看，崖頂上坐著一個少年道人，貌甚美秀，一點看不出是妖邪一流。

再細觀察，崖上影綽綽現出一座大法壇，上面煙光瀰漫，閃變不停，鬼影縱橫，時隱時現。天空中更有一片帶著粉紅色的黑氣，大幕也似自空下垂，其長無際，才知果是厲害。

三人別了謝琳，立即加急前馳往依還嶺去。滿擬飛行神速，不消多時便可到達。誰知剛剛飛出大雪山境便遇天變，高空之中烏雲密佈，大片霜層和快要凝結的晶沙水粒，厚密異常。三人為了便於說話，將遁光聯合一起，衝空破冰而渡，望去宛如一道三色精虹，疾如流星，由那滿布霜雪冷雲凍霧之中電馳飛行。所過之處，上邊霜層立被衝蕩起雪浪，當時衝開一條極長雪衖，遁光映照上去幻出無邊麗彩，頓成奇觀。

金蟬見身後來路現出一條極長雪衖，四外霜層雪花宛如五色晶花，互相磨擦排盪，閃動起億萬銀星，猛瞥見一片淡得非常人目力所能分辨的淡煙正往來路一帶飛去，一閃無蹤。緊跟著便聽天風海濤之聲大作，同時四外密層層的晶沙霜粒一齊受了衝動，宛如狂濤起伏，怒吼奔騰，又似億萬天兵天將各持玉斧金戈互相斫殺，因風力太猛，身後雪衖已隨遁光過處忽分忽合，只見星沙萬丈，霞影千重，急轉電旋，目迷五色，比起方才還要壯觀十倍！

三人不知方才那片淡雲是有一個人暗伺，乘著三人回顧之際，早乘隙侵入！三人法力雖高，因對方是個非常人物，自過雪山一直隱形尾隨在後。知道三人各有至寶奇珍，不是好惹，無法下手。恰值三人途中回顧，立即下手。這時三人為對方法力所迷，只在那片淡影初出現時稍為動念，絲毫不曾看出！

三人正在迎風飛駛，忽聽對面轟轟雷電之聲，似有數十百股彩氣，其急如電，迎面射來。疑有強敵來犯，忙喝：「文姊、余師妹留意！」話未說完，轉瞬之間彩氣不見，雷聲立止。又往前飛行了一陣，始終不曾再見。以為對方已然知難而退，急於回山，也就不願多事。

飛著飛著，英男忽然失驚道：「方才我們飛過雪山已有多時，按說依還嶺早該到達，為何飛了這半天尚無影跡？」

朱文立被提醒，忙道：「師妹說得有理，我們早已越過川藏交界，何以還未到達？」

英男忽然想起前見那片輕煙來得奇怪，朝余、朱二人一說，金蟬也自想起。看那形勢分明中了暗算，陷入敵人禁制埋伏之中，方向早迷！朱、余二女一經醒悟，全都急怒。

朱文首將「天遁鏡」取出，發出百丈金光朝前直射。英男也將南明離火劍化為一道朱虹飛出手，四外玄霜晶沙立時紛紛消散，這原是瞬息間事，三人上來便以全力施為，忽聽有一女子微笑說道：「三位道友無須小題大做，方才受我矇騙，原是一時疏忽。真要對敵，貧道決非對手！為防三位道友各有仙府奇珍，不得不班門弄斧，幸勿見怪。前面便是橋陵荒居，請往一談如何？」

三人聽那語聲柔和清婉，十分娛耳。金蟬首聽出對方並無惡意，但一想起前見黑煙明是旁門家數，正想此人是何心意，眼前倏地一花，又聽前面山石紛紛崩裂之聲，定睛一看，原來最前面的霜層晶沙竟是幻影，已全消滅無蹤！人飛落地上，下面乃是一片山嶺，因飛行神速，寶光把下面山石衝破了一個大洞！

三人忙把遁光收起，互用傳聲商計，覺著被人困住，於數千里外引來此地。通沒一絲感覺。她既用許多心機把人引來，必有緣故。已然至此，莫如照她所說前往一晤，相機行事。商定之後，便推朱文為首，由其向前詢問對方所居是在何處。

朱文正要開口，忽見一溜黑煙其疾如箭，由前面山旁叢林蔓草之中朝著三人斜射過來。煙雖黑色，卻不帶絲毫邪氣，直落三人面前，連金蟬均未看出是怎麼飛過來的。

那黑煙離身丈許便即停住，看去好似一條黑影，四圍煙霧籠罩，身材矮小，分辨不出面目。未等發話，黑影已先恭身說道：「弟子林映雪，拜見三位師叔！現奉前恩師玄殊仙子之命來迎接三位師叔去往橋陵聖墓後面洞室中一談。」

英男笑問：「我和令師素昧平生，如何這等稱呼？」

黑影笑答：「家師與峨嵋諸位師伯、師叔交情至厚，將來自知。此是以前恩師，映雪乃她記名弟子，好意將三位師叔接引到此，望勿多疑。」

三人匆促間雖不知對方來歷深淺，但看黑影來勢奇突，直似一個鬼物。其徒如此，其師可知。所居又在古墓之內，即便乃師不是鬼怪，也絕非尋常人物！心正生疑，金蟬忽想起謝琳新收門人便是鬼魂修成，天下事無獨有偶，不能因此便生歧視，忙用傳聲告知二女不可先有成見。朱余二女聞言應了，隨黑影飛到山前，山頂便是橋陵聖墓，乃是古聖軒轅聖寢。

這時夕陽已然西沉，一鉤新月斜掛峰崖之間，光影昏黃，野風蕭蕭，吹得四圍草樹窸窣亂響，大地上暗沉沉的，景物甚是陰森。

三人向聖陵禮拜，黑影見三人朝著聖陵下拜通誠，也隨跪在旁，笑問道：「師叔，此是正門入口，數千年來從未開門，前些年只太師叔女仙楊瑾為取『九疑鼎』來過一次，是施展佛家『天龍遁法』由地底穿洞入內。如想瞻拜聖容，弟子願為引路。當初聖帝進陵飛升，所遺法體尚存。」

（按：在還珠樓主筆下，歷史人物成仙的頗多，軒轅黃帝是，蚩尤也是。照本書的寫法，當年黃帝、蚩尤的涿鹿大戰，是一場正邪間的大鬥法。）

三人齊聲應道：「難得到此聖地，自應前往瞻拜聖容。請你引路同往。」

黑影聞言笑諾，隨引眾人沿著左邊山麓走了一段，笑說：「下面便是去往正殿的途徑，弟子前面開路便了。」隨由黑影中飛出一圈黑光，出手加大，轉風車也似急旋不已，地便被衝開一洞。三人見那橋陵土深石厚，上半土盡以後，下面便是極堅固的山石。黑影所發光圈圓徑不過丈許，光也不強，發出稀疏疏的銀色光雨，隨同下衝之勢電旋星飛，越轉越急。四邊山石泥土宛如熔雪向火，紛紛消散，晃眼衝開一條深洞。

金蟬方想橋陵聖地經此一來豈不殘破，回頭一看，來路泥土已逐漸封閉。前面只管衝成一洞，身後來路相隔丈許內外的泥土竟是由分而合逐漸還原。問知所用法寶乃戊土真精所煉，無論多堅固的石土，衝過之後仍能隨人心意使其復原，不禁大驚！心想此女明是鬼物一流，如何有此法力和戊土奇珍，更不帶一絲邪氣，豈非奇事！心念才動，黃光收處，人已落地。前面一大通道，四壁石質堅潤如玉，寢門已然在望。三人重又通誠下拜，再進里許便達內寢正殿。

只見門高十丈，氣勢十分雄偉。裏面正殿寢宮形式正方，廣達八九畝。四壁浮雕著許多戰跡和弓矢刀矛風雲馬車之類。迎面一座長方形的石案，大約數丈，上設各種鐘鼎尊罍之類的祭器，均是青銅陶瓦所製，光影晶瑩，形式奇古。兩旁一面一個大油釜，釜中各有一盞神燈，上結燈花形如靈芝，其大如掌，光焰停勻，照得全殿通明。案前地上立著九座大鼎，高約丈六，腹抱數圍。案後有一三丈的玉榻懸棺，聖帝神體便停其上。

三人早聽楊瑾說過陵中禁法，雖然年久多半失了靈效，正寢內殿尚有前古留存的幾件奇珍和太元仙法禁制，隨人意念而生反應，稍一疏忽，仍不免誤蹈危機。再見到這等莊嚴肅穆的景象，靈前左右更有好些服飾奇古，身材高大，各穿盔甲，手持弓矢戈矛的衛士，個個神態威猛無異生人，一雙神目注定自己，似有嗔怪之意，由不得肅然起敬，忙朝上面拜倒，通誠祝告之後，恭敬退出。

三人沿著殿旁通道往前走去，黑影在前引路，不多久到達一間石室，由外面走進一個道姑，三人見那道姑穿著一身黑衣，身材十分苗條，細看面貌竟生得和易靜差不多的醜怪。但是容止嫻雅，笑語溫和，令人生出一種親切之感。行路之間卻似未踏實地，若沉若浮，有異常人，看不出一絲邪氣，便是旁門出身，也必此中高手。

金蟬先笑問道：「道友尊姓，何事將我三人引來此地，還望見教！」

道姑笑答：「此是記名弟子林映雪昔年苦修之地，連個座位都沒有，如何接待三位嘉賓！請至荒居一談，自知究理。」

三人料無惡意，已然至此，只得隨同前往。順著來路略一轉折，前面現出三間石室，道姑引眾人入內。落地一看，那石室乃是山腹的天然洞穴，石質透明，宛如晶玉。

那道姑形貌乍看甚醜，坐定以後漸覺相貌清奇，道氣盎然，另具一種安詳嫻雅之致。最奇是面色頗黑，自頭以下膚如玉雪，背面側腰均具無上丰神，不看面貌決想不到會是個醜女！正自暗中驚奇，那自稱林映雪的黑影已由外屋端來四個晃乳製成的酒杯，內盛美酒，分與賓主四人飲用。

朱文笑道：「道長法號可能見示麼？」

道姑笑答：「貧道玄殊，以前原是旁門，後來得到一部道書，由此悟道，一向獨居苦修，不常在外走動。小徒林映雪還蒙小寒山二女謝琳收錄。為了三位歸途，要與星宿老魔相遇，是以求我將三位引來，暫避與老魔見面。」三人聞言才知林映雪便是謝琳新收門人鬼奴。

金蟬和朱、余二女向女仙謝了盛意。女仙又提起星宿老魔，說道：「那魔頭不特魔法甚高，人更險陰狡詐。用三甲子的苦功，在星宿海西崑崙絕頂施展魔法，將黃河等幾條長江大河的水源以極高魔法禁制，真遇強敵，將水源震裂，把整座星宿海全都毀去，使大地山河齊返洪荒，宇宙重歸混沌，本身也與同歸於盡以消惡氣，這等作法，對方不論多高法力也必投鼠忌器，決不敢迫他走險，造此亙古未有的無邊浩劫，魔法又甚微妙，經他多年祭煉修為，只憑心念一動，便自發難！」

四人又談論半日，才起身告辭。三人再駕遁光飛起，不消多時，寶城山已然在望。只見對面依還嶺上煙光雜遝邪霧蒸騰。時見一幢幢的火花平地拔起，上沖霄漢。

當中一團數畝方圓慧光和各色飛劍精虹電射，縱橫飛舞，與數十百道奇形怪狀的妖光互相追逐爭鬥。「太乙神雷」連珠爆發，數十百丈金光雷火上下交織，霹靂之聲震得山搖地動，滿天空的雲霧已被映成無邊異彩，變幻不停，分明是有大批妖邪來犯！

三人看出慧光正是李英瓊那粒「定珠」，幾個男女同在珠光籠罩之下，各指飛劍法寶與敵人惡鬥方酣。整座依還嶺已在「太乙五煙羅」籠罩之下，眾同門均仗著慧光防身應敵，只英男新收弟子火旡害化為一個猴形小紅人往來飛舞，出沒敵人陣中，揚手便是一蓬烈火，萬道毫光。錢萊、石完同在「太乙青靈鎧」所化冷光籠罩之下隨同助戰，往來飛舞，時隱時現。

三人忙運慧目法眼定睛一看，慧光下面只申若蘭等有限幾人，英瓊並不在內。看神氣好似英瓊尚在幻波池內幫助癩姑坐鎮，一同防禦根本重地，只以心靈運用發出佛家「定珠」慧光將應敵數人護住。

再看敵人方面，竟有百餘人之多，高矮肥瘦男女都有，除為首四五人外，大都赤身露體，各有一片暗紫色的妖光緊附身上，似在安排陣勢。

為首兩道裝妖人一老一少，面相均頗清秀，但都殘廢。老的一個一足已斷，坐在形似風車的法寶之上指揮應敵，飛行神速，神態安詳。另一道裝少年生得面如冠玉，十分英秀。在一片紫色濃煙簇擁之下滿陣飛舞，追逐火旡害等三門人，飄忽若電，自膝以下全被濃煙擋住。

金蟬見火旡害等三人每一出手必有一、二妖徒受傷，按說火旡害所煉真火何等威力，敵人只一受傷便無倖理，可是妖徒卻不減少！再細查看，原來那些妖徒竟是氣體凝結而成，看與常人無異，及被真火神雷打中，當時受了重傷，有的炸斷頭和手足，只剩殘屍，有的竟被火旡害的「太陽神光線」和石完的「石火神雷」炸成粉碎，一經打中，便聽一聲悲嘯，倒地化為一股濃煙，電也似急往旁遁去。受傷妖徒所化濃煙逃出倒地一滚，便復原形，看去只是元氣損耗。有那連經數次打擊受了重傷的雖然復體稍緩，爭先佈陣，無一後退，人數一個也未減少。為首妖人共是七個，除那一老一少以外，內有兩人上次曾隨群邪來犯，只有一個中等身材的紅臉妖人和兩邪僧不曾見過，邪法異寶均具驚人威力。

金蟬等三人皆知那一老一少，便是邪派中知名高手「東海雙凶」。這兩人昔年敗在長眉真人和極樂真人之手，一直在海底潛修，近日方始邪法高張，又出來肆虐，乃是非同小可的厲害人物。這時只見二凶一聲怒吼，突由身上各透出一條紫陰陰的人影，晃眼暴長數十百尺，宛如兩個其大無比的巨靈飛舞空中。紫影所到之處，占地竟達數十百畝！各伸著一雙數十丈長的魔手滿山亂抓，動作如電，猛惡已極。火旡害等人有兩次差一點沒被抓中！

三人見狀，全都急怒，覺著由若蘭等慧光護身，尚可無慮，這三人卻是危險已極！正在商量應付，猛瞥見幻波池中飛起青熒熒兩道冷光，中間夾著一點豆大如意形的紫色燈焰，電也似急朝當頭一條紫影電射過去，剛看出方瑛、元皓帶了英瓊「紫清神焰兜率火」出來助戰，心方略寬，同時面前桀桀怪笑，突由地底湧起一個七竅噴煙大如車輪的怪頭，直朝三人撲去！

那大如車輪的怪頭，來勢極快，離三人身前又近，事前毫無跡兆，突然發難。所噴煙氣宛如七股筆直的弩箭，直朝三人頭臉上噴來！金蟬胸前玉虎大放毫光將其敵住，擋了一擋。三人立時警覺，各指飛劍朝怪頭夾攻上去。

金蟬一面運用玉虎神光防護三人，一面已將霹靂雙劍發將出去。二女也各把飛劍相繼發出，本擬這類邪法手到可破，決禁不起仙劍威力。誰知那怪頭原是千年前古墓中的一個大骷髏頭，本已歲久通靈，陰毒非常。後被妖人褚南川費了不少心力將其收去，用邪法煉成神魔，已是有形無質之物，大小變化，全可由心運用，凶威越盛。

妖人褚南川昔年曾為妙一真人所敗，禁閉在陳倉山峽水腹之中，近年始破禁逃出，尋峨嵋派報仇，和東海雙凶做了一路，剛才將所煉神魔由地底飛出，冷不防朝敵暗算，滿擬所煉神魔乃千餘年前妖魂，具有其毒無比「黑眚陰殺」之氣，再經多年苦煉，已與本身元靈相合，成了第二化身，凶威絕大。萬不料敵人法寶如此神妙，眼看必要中邪暈倒，忽然放出萬點銀花，千重靈雨，神魔首被阻住。

敵人隨即發出四道劍光上前夾攻，內中一道亮如虹電，威力更大，如非多年神魔擅玄功變化，隨著敵人劍光縱橫交織之下，分出大小百數十個同樣神魔上下飛舞，稍差一點早為所滅，就這樣元神也損耗了不少！

金蟬等三人見那怪頭七竅噴煙，形態獰惡，劍光到處眼看斬成兩片，轉瞬又復成形，越來越多，正打算把「天心雙環」、「離合神圭」放出一試。

就這應變瞬息，先後三兩句話的功夫，忽聽耳旁有人說道：「這妖孽本身現藏地底，身旁並還藏有妖書和幾件邪法異寶，均甚凶毒，其為人陰險無恥，狡詐非常，不是看出有必勝之望，不肯輕易現身，除他甚難。英男的南明離火劍威力太大，妖孽已有戒心，再將雙環、神圭放出，定必驚走，萬萬不可！」

話聲似一老婦，聽去極遠，但又字字真切，知是一位前輩女仙暗中指點，立時故作不支之狀，朱文更越打越向後退。妖人褚南川一見，以為有機可乘，將元神飛出地面與神魔相合，經此一來，凶威大增。

朱文先是假敗，及見一片五顏六色的妖光中擁著一個妖人影子自地飛起，迎面撲來，隨聽惡鬼歡嘯之聲，環繞身側的無數怪頭忽然收去，只剩兩個懸空不動，東西相對，七竅中所噴邪氣似十幾股瀑布兩下交織，將自己裹在中央，遁光當時便被滯住，上下四外重如山嶽，休想移動！知道妖人元神已然飛出，也自驚心。

金、余二人當妖人元神與神魔剛一會合，一聲招呼，同時下手。金、朱二人的「天心雙環」首先飛起！妖人一見兩圈心形寶光倏地高懸，各發奇光，相對照射，知道上當！慌不迭由怪口中噴出兩道妖光，兩個怪頭立合為一，電也似忙往來路飛遁。妖人玄功變化，人更機警，「天心雙環」竟差一點沒將他罩住！

幸而余英男早已防到，隱形埋伏在前，並將「離合神圭」放起，寶光也行法掩去。妖人百忙中星飛電掣往回飛遁，猛覺一股極大吸力迎面吸來，情知不妙，忙往旁遁，已自無及。那「天心雙環」的青、白二色寶光同飛射過來，眼前忽又現出一幢烏油油的奇光將元神困在當中，休想掙脫！

妖人不由亡魂皆冒，咬牙切齒。剛把心一橫，另外一幢紫巍巍、烏油油、中雜五色光線的奇光突由地上出現，將元神夾在中間。知是前古奇珍「五雲離合神圭」，只要被合攏，寶光連變五色，不論人和法寶全被消滅！萬分情急之下，仍想捨寶逃生，將多年苦煉的幾件法寶全數施為，連神魔拚著一齊葬送，以圖逃走。只見四道各色妖光突由怪口中電射而出，晃眼暴長，離合神圭的寶光竟被擋開了些！

等到兩面神圭寶光往起一合，那大如車輪的怪頭連那四道妖光雖全消滅，妖魂卻被乘隙遁出。飛出圈外一看，天心雙環也是東西相對互射霞輝，自己仍在寶光籠罩之下，逃不出去！

妖人終是修煉多年，見多識廣，發現形勢不妙，再一細看敵人三面對立，相對微笑，似在傳聲問答。斷定凶多吉少，想起形神俱滅之慘，心膽皆寒，忙朝金蟬跪下哀聲哭求道：「我與令尊妙一真人原是故交，只為一事生嫌，致成仇敵。他將我困在古陳倉山峽以內並未加害，可知還念舊情。我那裡藏有他一件東西尚未奉還，別的不求，望你看在令尊分上，只允將我擒往峨嵋仙府，聽憑令尊發落，便將他多年想要取回的東西由我取出奉還，我能保得殘魂轉世，從此改邪歸正，便道友也有奇功一件，你且看如何？」

金蟬還未答話，忽一少女接口怒罵道：「你這狠心昧良的妖孽，在做夢呢！你看你那造孽無窮的臭皮囊今在何處？惡貫已盈，還在妄想逃命不成？」隨聽一聲輕雷過處，「雛合神圭」光幢前面突現出一根木柱，青光閃閃，長約丈許，凌空而立，四面均有黑煙環繞，柱上釘著一個妖人屍首。

女仙玄殊忽現身形，手指妖魂喝罵。緊跟著地底又有一溜黑煙飛出，一閃即收，現出一個醜女，先朝金蟬等三人禮拜道：「弟子林映雪，拜見三位師叔。」

隨對玄殊道：「果不出恩師所料，那玉匣藏在他老巢地心油泉眼內，如非大師伯所賜『旃檀靈符』，休想取出！」

妖人自從二女相繼出現，越發面現驚疑之容，聽完似知無倖，又朝金蟬苦求道：「貴派玄門正宗，不可聽信左道妖邪之言。這兩女鬼均非好人，先來那個好似我昔年對頭，北邙山妖鬼『冥聖』徐完情婦『血河仙娘』鬼姥酈妮門下！不知何故形貌變得這樣醜怪，千萬不可上她的當！令尊想取回之物便與她有關。昔年令尊為想救她改邪歸正，曾費不少心機。那時令尊尚未成道，見她才貌雙全，幾乎為她所迷。此女入血河鬼姥門下，後來雖逃出，但她有一面『元命牌』和鬼姥禁制元神的三根燈草，以及令尊令堂所贈法寶靈丹、一對柬帖，均藏在一個玉匣之內，被我在鬼姥遭劫前三日冒險取來。

「知那三根燈草關係她將來成敗，如不取回用仙佛兩門大法將其化去，無論法力多高，終無成功之望。被邪教中人得去，更是永遠受制，為人奴役，不得超生。令尊夫婦曾說助她成道，非要此玉盒不可，她得的並非真物，請押我去見令尊！」

金蟬見玄殊仙子忽然現身，事情又和自己父親妙一真人有關，一時之間不知如何才好。

妖人看出金蟬躊躇，忙又道：「我肉身已被仇人用『天狼釘』釘在『太乙神木』上，元神又禁寶光之內，但我形神俱滅瞬息之間，此鬼也必與我同歸於盡。令尊對此女鬼頗為愛重，曾累次聲言將來非要救她脫險不可！如今只求將我元神禁入『離合神圭』以內，免得疑我逃走。我那肉身任憑誅戮，決無怨言。但我得道多年，你們飛劍法寶難以消滅，最好將你本門中的『太乙神雷』由上而下前後夾攻將其震散，以使你們安心。等到峨嵋，令尊即使行誅，我也甘心，你看如何？」

金蟬正拿不定主意，玄殊忽然冷笑道：「無恥妖孽，我明知你做了三個假玉盒，本還估不準真匣藏在何處，也是你方才情急偷生，自露口風，我才明白過來。你這喪盡天良的妖孽今已惡貫滿盈，還不自行獻上，臨死尚要多受苦痛麼？」

妖人先是鬥敗了公雞一般戰戰兢兢跪在地上垂首敬聽，不時偷覷玄殊現出乞憐之容。聽完略一尋思，似知絕望，忽然縱起戟指罵道：「狗潑婦不必太狂，你如答應放我元神，自將玉匣獻上。否則任你恐嚇試探，百計詐我，我不說出實在地方，我死你也休想活命！」

玄殊笑道：「你當我真不知道麼？且教你多受一點罪，看你是否肯說實話！」說罷，將手一指，那「天狼釘」長只七寸，是一釘形藍光，釘住妖人肉體命門，另外四根黑色長釘分釘手足於神木之上，突然光華一齊大盛。

妖人立時疼得通身抖顫，冷汗交流，元神立受感應，同時悲聲慘號起來，掙扎著轉跪玄殊面前厲聲哭喊：「情願明言，只求少受點罪！」

玄殊正要停手，隨聽有人接口道：「這妖孽萬分可惡，不可停手，也用不著他說實話，弟子已將玉匣探明，只等他罪孽受夠就出來了。」

妖人一聽是林映雪口音，由原體腹中發出，當時臉色慘變，怒吼一聲。玄殊把手一揚，「天狼釘」突然暴長。妖人頭上隨起了一股精藍色的光氣倒捲而下，身後神木青光同時大盛，兩下一合，全身逐漸消熔。一縷黑煙破腹而出，落地現出林映雪，手捧一個三寸大小的圓玉匣。玄殊左手接過，右手朝前一招，金、朱二人接到號令，立將雙環合璧，妖人立時形神皆滅。

各人重又敘禮相見，朱文道：「方才曾聽一位老人家傳聲指點，頗似大荒山南星原盧太仙婆。如我料得不差，這次我們當無敗理！」

玄殊聞言，臉上剛露驚喜之容，忽聽一老婦傳聲說道：「你們莫把事情看易！我不過適逢其會，並不能十分出力！」

眾人聽出果是盧嫗，早同下拜。

玄姝首先喜問道：「聽盧老前輩語音，頗與三百年前弟子在紫金山所遇那位以元神神遊濟世的前輩女仙相同，彼時曾蒙指示玄機，約以三百年後當圖再見，不知是否一人？盧老前輩傳聲甚遠，弟子莫測高深，仙駕現留何處，還望指示！」

盧嫗笑答：「紫金山下所遇正是我元神，你只照我傳聲方向直飛，到了東海盡頭停下相待，自有人來接引。」說罷寂然。

五人忙同望空拜謝，玄殊立時辭別先行飛走。金蟬等三人只見對面依還嶺上已成了一片火海，忙以法寶護身，向前飛去。來到幻波池上空，便見同門莊易仗著靈符飛來，將三人引到一座法臺之上，說起東海雙凶來犯經過。

原來東海雙凶乃昔年最著名的旁門中凶人，邪法甚高。因懷昔年長眉真人與極樂真人削足之恨，慘敗之後又將他師徒多人禁閉在東海泉眼之內受了多年苦難。雙凶中「藍敕令」毛簫雖然積惡如山，因其陰柔狡詐，機警萬分，每遇極惡窮凶之事，還不敢做得太過分。另一同黨名叫「黑手仙郎」章狸，狂傲任性，為所欲為，毫無顧忌。

二人自入旁門，勾結一起狼狽為奸，無惡不作。經多年海底潛修，所煉邪法極具專長，門下妖徒均擅分身化形邪法。更煉有一種極陰毒的妖火，所到之處，無論金鐵石土沾上一點，立被大量侵入，外表原樣不動，內裡卻成了劫灰。

東海雙凶未曾來犯前，英瓊、癩姑正在加緊練功，並不知朱文、金蟬、英男三人離去。這日做完功課，見門外紅影一閃，知是火旡害在外。英瓊因他得道年久，又是英男新收門人，愛屋及烏，越加看重，立時笑問道：「火賢侄麼？有事只管進來！」

火旡害自從拜師便改了服裝，和石完、錢萊一樣打扮。三人高矮差不多，情分也最厚，行止常在一起，聞聲立同走進。

癩姑見石完、錢萊剛由地底現身，笑道：「你們有事只管進來，為何反鬼鬼祟祟？在自己洞府中也用地遁做甚！可見余師叔他們麼？」

火旡害便將朱文等三人離開一事說了，英瓊一聽金蟬等三人私自離山去往魔宮應援，不禁大驚。

癩姑道：「方才我正打坐，接到眇師姊心聲傳語說日內也許有人離山，到時自回，無足為慮。但今夜子時有一件奇遇應在你身上！」

英瓊深知眇姑已得屠龍師太真傳，法力高強。佛門心聲傳語，無論相隔幾千萬里，直如對面交談。她既說三人到時自回，當可放心，但所言奇遇，不知是指何事。追著一問，癩姑道：「我師姊這人，叫她多講一句話也難，我想追問，已沒了聲息。我功力不如她，只有她找我，沒有我找她。只是聽口氣彷佛事情和幻波池後洞有關。」

英瓊又問火旡害道：「你才從後洞來，是否曾見什麼異狀？」

火旡害聞言恭敬答道：「後洞出口不遠的兩路分歧之處，壁間現一圓門影子，上有『金門鎖鑰』四個朱書古篆，清光射目，寶氣隱隱自內映出。弟子曾行法前衝了好幾次無用，不敢動強。聽壁中聖姑留音發話說，必須由李師伯今夜正子時帶弟子等三人前往方可入內。」

癩姑、英瓊聽了，略一商議，聖姑留言既有只准英瓊一人前往之語，不便告知他人。等到亥時將盡，英瓊便帶火无害等三人往後洞飛去。

當地原是一條形如螺徑的長甬道，中間一帶有幾間石室。右首一間便是昔年上官紅巧得道書末幾章，因而學會「乙木仙遁」之處，昔年「黶屍」崔盈的元神便被禁在內。因上官紅誤翻法牌，無意中破了禁制，黶屍得以脫身，隨意通行全洞。那道書的末幾章被上官紅撕去，以致獨缺乙木一宮，黶屍只能五行合運，不能逆行使先後天五遁正反相生。木宮威力大減，由此伏下危機，終於被易、李、癩姑和小寒山二女將其擒住，經李寧用佛火化煉，形神皆滅。

英瓊來到洞壁之前，先下拜通誠，然後朝對面圓圈盤膝坐定，將「定珠」升起頭上，發出一團栲栳大的慧光，祥輝四射，與洞壁上面光華相對交映。

待了一會，時已子初，並無異兆。英瓊這些日來功力大進，行事也更謹慎，運用玄功使頭上慧珠大放光明，試探著運用「定珠」朝壁間衝去，慧光到處，壁上祥輝暴湧，將那團慧光托住。想要衝破禁制，卻甚艱難。

眼看子正將到，前面玉壁依舊完整，看不出絲毫異兆。心方猜疑，忽然發現雙方所發祥輝相同，互相吸引，似已融會一起，心靈上也有了一種微妙感應。猛觸靈機，忽然醒悟！重又潛光內視，返虛生明。漸覺本身真神與「定珠」合為一體，連人帶珠一同往對面飛去。

那麼堅厚的洞壁，彷彿根本無甚阻隔，人到壁間，一片祥光湧上身來。英瓊已通玄悟，毫未在意，仍由心靈運用往壁間飛去。那祥光迎頭罩下，一閃不見，「定珠」慧光也越發明朗。前面忽然中空，現出一座大圓門，晃眼到了門內。目光到處，瞥見一個妙年白衣女尼端坐對面蒲團之上，寶相莊嚴，儀態萬方，正是以前見過的聖姑法身！

英瓊剛想下拜，一抬頭聖姑人已不見，只剩蒲團在地。緊跟著又是一片祥光，似有似無，花雨繽紛，當頭灑下。猛覺透體清涼，如沃甘霖，神志也更空靈。再看頭上慧光竟有聖姑影子在內，朝著自己含笑點頭。英瓊觸動靈機，逕去蒲團上學聖姑原樣，雙目垂簾打起坐來。也不知經了多少時，漸覺那與本身元靈相合的「定珠」居然有無相生，分合由心，把近日所煉最後一關打通，由此成為身外化身，自具靈慧和降魔威力。遇有強敵，便可仗此第二元神分身出門，不由喜出望外！

同時發現左壁上有一玉案，上設兩件法寶、一封柬帖。隨即起立，先朝聖姑拜謝，再將元神分化與「定珠」相合，代替本身去往後洞出口一帶查看，一面往左壁案前走去。見案上二寶，一件是個黃玉葫蘆，另一件是把小玉鑰匙，取柬帖一看，越發驚喜交集！

原來柬上說英瓊與聖姑緣分最深，為此引來當面點悟，並將昔年所留靈慧法力連案上二寶一齊贈與。並說本身功行雖然圓滿，還有一點夙孽未消，特意留此身外化身和一分靈慧法力以為今日助人助己之用。黃玉葫蘆中貯有九天仙雲所煉五色靈氣，不可輕耗。另一小蓮花玉鑰乃開啟北洞水宮寶庫之用。看完，心方喜幸，字跡忽隱。二次拜謝、方把法寶和空白柬帖收起。

卻說錢萊等在洞外，見英瓊連人帶慧光同往壁間飛去，跟著起了一片祥霞將洞口封閉。隔有半個時辰，慧光忽由洞中飛出一閃不見。再看洞內英瓊已端坐在蒲團之上，容光煥發，態甚莊嚴，知其有了奇遇。

正在看著，忽聽石完遠遠傳聲急呼：「錢師兄留意，鬼丫頭逃到裡面來了！她隱身法雖被火師兄破去，仍只看出極淡一條白影，莫要被其侵入，受她暗算。」

錢萊聽說竟有人侵入幻波池來，不禁又驚又奇，錢萊知道石完性急如火，地遁穿山，尤為神速，當地離出口甚近，晃眼即至，一味傳聲急呼，人卻不見追來，好生不解。忙以傳聲回答說：「李師叔已有奇遇，現在洞中打坐，我身旁帶有照形之寶，敵人一到，當時便可警覺。」話未說完，果見淡微微一條白影如飛馳來，如換旁人，先前聽石完傳聲那等說法，定必出手無疑。

錢萊沉穩機智，白影到時，正用身旁法寶查看，竟是虛形幻相！暗罵該死妖人，想鬧玄虛把我引開，豈非夢想！忙用傳聲稟告英瓊說：「有敵人用幻相來探虛實，已被看破。現用法寶隱身埋伏在旁，敵人一到立可查知。」話未說完，白影到了門前轉了一轉，忽又飛去。

跟著又飛來了幾條白影，並有寶光外射。錢萊仔細一看，全是假的。先後五條白影聚在一起，並有兩道青光朝洞中飛去，作出驟然發難之勢。錢萊仍只靜觀不理，又隔了不多一會，才見出口甬道之處有微光一閃，急忙用法寶查看。

那來的並非真人，但又不是鬼怪一流，看去好似一幢略具人形，淡得幾非目力所能看出的微光，但是只有半邊身子！左半身獨手握著一把尖刀，寒輝四射，亮如銀電。右半身僅有半條虛影。看面目裝束好似一個貌相極美的青衣少女，不知怎會變成半邊身子！來勢如此詭異，卻看不出有何邪氣，法力也似頗高。

那青光中的人影似因連試幾次無人應敵，膽子漸大，把手一揚，先見五條白影全數失蹤。跟著到洞外離洞五、六丈停住，忽然身形一閃，化作一道青光，其疾如箭直朝洞中射去！錢萊早有準備，因見來人法力頗高，想冷不防將其制住，雙方同時發動，恰好撞上。青光剛到洞前，錢萊的「太乙青靈鎧」已化一幢冷光突然飛起。

青光中少女見冷光暴起，身上青光暴雨一般四面迸射，接連掙了幾掙沒掙脫，仍是半邊身子化作一溜青光往外飛去！同時甬道那面又起了風火之聲，由遠而近，跟著便見同樣一幢青光人影裹著半邊身子，右手也拿著一把寒光若電的尖刀往裡逃來。兩下一撞，雙身合成一體，重又掉頭往外遁走！

這時火、石二人也自趕到，火旡害當先手發「太陽真火」擋住青光去路，口中大喝：「你是何人？為何無故擅入仙府，快些束手受擒，饒你不死！」

雙方勢子俱都極快，少女兩半身子合成一體，越顯美豔。本縱遁光遁走，被火旡害迎頭擋住，少女見狀滿面驚急之容，不敢向前猛衝。乘著敵人立定發話，微一遲延之際，猛一掉頭朝下便鑽，欲借地遁逃走！不料那一帶地皮仙法禁制已然發動，比鋼鐵還堅。少女一見不能穿地逃走，重又掉頭向上。火旡害等同聲呼喝，令速降伏，卻不上前圍攻，各把寶光將那十來丈方圓一段甬道，擋了個風雨不透。

少女好似凍蠅穿窗，上下四壁電一般連竄了好幾次均未竄進，似更驚惶情急，忽然疾叫了一聲，把手中尖刀猛朝火旡害迎面擲去！出手便是一溜銀光帶著風雷之聲，刀尖上更有一蓬光雨朝前激射，勢甚猛烈。

火旡害忙喝：「此是『天刑刀』，石師弟留神受傷！」聲才出口，揚手一團紅光迎頭便打，身子往旁邊縱避，少女立縱遁光乘隙遁走。耳聽敵人同聲急呼，回顧身後敵人在那幢冷光籠罩之下，各發神雷和飛劍法寶由後追來，勢如潮湧，風雷之聲震撼全洞。猛覺右手一緊，另一口「天刑刀」似被吸力裹住，待要脫手飛出！抬頭見已離出口不遠，前見慧光冉冉飛來，頭一口「天刑刀」就這方才轉身瞬息之間已不知去向，這一驚真非小可，慌不迭朝地便鑽！

同時，倏地眼前一亮，金光萬道，耀眼欲花。定睛一看，前面甬道盡頭處是一座金門，門已大開，中心懸著一團金光，正在徐徐轉動。猛覺身子似被一股大得出奇的力量吸住往前飛去，知已陷入幻波池中宮重地，不由嚇得驚魂皆戰！猛又覺眼前一花，一幢冷光湧出，同時又是一蓬紅白二色的光絲當頭壓到，兩下會合，全身立被裹住，絲毫不能掙扎離去！

少女正自忖萬無生理，忽聽喝道：「此女並非左道妖邪，也許和昔年上官紅無意之間誤入仙府一樣。方才我正在內打坐入定，不曾理會，後聞地底風雷之聲，中央戊土又起了變化，忙往查看，爾等已將此女困住。她因誤陷戊土禁制，被西方神泥吸住，我倘到晚一步，萬無生理！就這樣已受傷不輕，一見天風，苦痛難當。等我用佛家定珠將其罩住，爾等再撤法寶，先把所有中央戊土精氣化去，問明來歷，只是無心誤入，並非左道妖邪或受惡人慫恿來此擾害，便由她去罷！」

少女被火旡害、錢萊合力擒住，人困寶光之內分毫不能轉動，聞言覺出有了生機。四外一看，面前立著一個道裝少女，美如天人，一身道氣，含笑發話，料是三英中的英瓊。只見一片金霞當頭罩下，還未看清，已透身而過，一閃不見，先前三個敵人的法寶也自收去，侍立於側，態甚恭謹。當時身上一輕，痛苦全失。

正不知答甚話才好，英瓊已笑問道：「你叫什麼名字？何人門下？無故來此做甚？」

少女想了想，面上一紅道：「我被你們擒住，還有何說？如肯放我自好，否則聽便，沒有什麼說的。」

英瓊笑道：「你來如無惡意，不特放走，如非左道邪惡一流，以後還可來往，豈不是好！」

少女道：「放否在你，與你來往做甚！」

石完見少女太倔強，怒喝道：「這鬼丫頭似人非人，似鬼非鬼，兩半邊身子時隱時現，又能分合的玩意從來未見過，決不是甚好人！用『太乙青靈鎧』將她送往中宮金屏之上，叫她嘗嘗味道！」

少女聞言，兩道秀眉微揚，怒視石完，正要開口，英瓊已先笑道：「把姓名說出總願意罷？」

少女低頭說道：「我叫青兒，沒有名字。」

英瓊見她所習雖是旁門，根骨卻甚靈慧。兩半身合攏以後，越顯得玉豔珠輝，美秀入骨。又見其身外青光已收，斂眉低頭，面有羞容，越增嬌豔。心實愛惜，笑道：「火賢侄，你修道千年，不似石完性暴嫉惡，你自送她出去。」

那叫青兒的少女似想開口，火旡害已應命近前，喝道：「你得了便宜，還不快走！」

青兒氣道：「這是你師長自己放我，要你這紅臉猴子虛張聲勢做甚？不要你送，我自己會走！」說罷，朝英瓊看了一眼，面帶感激之容，忽然掉頭一縱遁光，便往來路出口飛去。

英瓊放走那少女之後，回到前洞和癩姑相見，說起聖姑顯靈，自已煉成第二元神一事。

癩姑大喜道：「同門同輩中只鄧八姑師姊多年苦功，將一粒『雪魂珠』煉成第二元神，傳為佳話。按理就有福緣遇合，得到一粒同等的寶珠，至少也須經過一甲子的苦功，毫不間斷，更須有人護法，道心堅定才可有望。想不到瓊妹半日之內遇此奇福！」

癩姑正說著，只見小寒山二女中的謝琳由申若蘭陪同走進。

癩姑知道小寒山二女與易靜脫困有關，忙和英瓊起立相迎，同聲詢問：「易姐姐何時脫險？」

謝琳笑答：「實不相瞞，我和家姊此時便陪易姐姐同在魔陣之中，只因時機未到，只得在旁觀看，我悶得很，才到來見見你們，順便帶來了三片樹葉，送與癩姐姐、瓊妹、蘭妹各人一片。防身之外，多少有點用處，我這就告辭了！」

三人聽他要去，忙喊：「二姊留步，我們還有話說！」滿洞金霞，人已不見。遙聞謝琳傳聲說，請恕無禮，語聲越聽越遠，已無回應。才知謝琳是身外化身神遊來此，數丈之別竟有這樣驚人法力，俱各讚佩不置！

見英瓊所接三片樹葉作紫金色，祥光隱隱，大如人手，上有符籙，料具深意，便照所說分配。想起女同門中裘芷仙身世最是可憐，便請若蘭把自己這一片轉贈芷仙，以備到時防身之用。

謝琳走後，向芳淑、雲紫絹同了司徒平、秦寒萼夫婦飛來，又多了四個同門，同門一多，言笑殷殷，十分熱鬧，英瓊仍是每日勤練，一日忽來陣大雷雨，附近山中山洪暴發，雨後洪流宛如萬馬奔騰，到處水氣濛濛，一片昏沉。迅雷交作，霹靂連聲，震得山搖地動，金蛇也似的電閃隱現密雲暗霧之中，滿空交織。雷雨之大，為英瓊到幻波池以來頭一次所見到。英瓊見雨勢非常，本身在洞內，身外化身，出洞觀看。忽聽後山雷聲猛烈，時見大團雷火挾著萬道金光自密層雲中下射，心中一奇便往後山飛去，想看雷擊之處是否有異。

到了一看，恰見一道紅光夾著大團雷火，朝壑底電射而下，那團雷火，凌空下擊猛烈異常，看形勢似朝對面崖洞打下，剛到崖腰，忽由洞中飛出一團銀光，其大如杯，流星飛射，朝那雷火迎去。兩下一撞，霹靂一聲，當時爆炸，只見紅光銀雨四下紛飛，對面崖石紛紛震裂下墜！

英瓊心中奇怪，跟著又見三團雷火一團接一團朝下打到，均和先前一樣，才一飛落，必有銀光由對面洞中射出。看到末次，漸覺雷火威勢越盛，銀光雖能防禦將雷擊散，光卻逐漸減退下去。心想：「洞中所藏如是修道之士，預知雷劫，藏此抵禦，所發銀光當是禦劫之寶。」正覺盛衰相倚，無論是人是怪，均難免一劫，忽聽對洞有一老人顫聲疾呼道：「我修道多年，並無過惡。今日之事是我存亡關頭，昔年聖姑所說救星至今不見，再過片刻我抵禦雷擊的『冷蟬沙』必要用完，本身固遭毀滅，元神也保不住，如何是好？」說時又有兩雷相繼打下，洞中語聲隨同銀光外射時斷時續。

英瓊本在盤算洞中人的正邪和所說真假，緊跟著又是一大團雷火朝下猛擊，威力更強。洞中人也似防到有此一著，所發銀光竟比前大了十倍，兩下裡一撞，當時震散。猛瞥見雷火銀光對擊爆炸中，由洞中衝出一條長大黑影，比電還快，朝空射去。方想洞中人的元神必已逃走，看那去勢分明邪魔一流，因其飛遁太快，又因對方隱伏洞中苦修多年，並與聖姑相識，上來未存敵念，忘了追趕，致被逃走。心正尋思，忽聽空中鵰鳴，聽出妖魂已被神鵰抓住了。

英瓊忙喚：「鋼羽速來！」聲才出口，又是一團雷火凌空下擊。同時瞥見對面崖洞內走出一個矮老頭，生得愁眉苦臉，鬚髮亂如飛蓬，指爪甚長，下垂至地，衣履已全腐爛，上面長滿青苔，行動甚是遲緩。剛到洞口，雷火已經下擊。英瓊見狀，忽然心動，忙運玄功連人帶慧光朝雷火迎去，兩下一撞，當時消滅。因想探問對方來歷，如何與聖姑相識，又料空中雷火必還打之不已，便將慧光加大籠罩當地，現出化身向其詢問。

老人仰望天雷下擊，本是滿臉驚惶，戰戰兢兢張口噴出一團大銀光，又將雙手指爪一齊打斷拿在手內待要施為。慧光將雷一擋，立轉喜容，朝著英瓊下拜道：「聖姑之言，果然不差。老朽昔年一時不慎，被一女魔附身，已歷時五甲子。女魔附身，受盡苦楚。那女魔先前以為我不能逃過天劫，已自逃走。只恐女魔見我未死，又來糾纏，千乞恩人將我放入寶網之內暫避些時，等到事完再容詳談，感恩不盡！」話未說完，大股金光紫煞已穿雲而下。

老人喜道：「且喜這女魔已被仙禽擒去！」

英瓊已看出老人不似左道妖邪，本想回問女魔來歷，因何成了附骨之疽，受此苦難，神鵰已穿雲而下，口吐金光，雙爪各發出一股紫氣，當中裹著一個骨瘦如柴的女魔，已不似初逃時所見黑影獰惡長大，正在光氣之中猛力掙扎。

英瓊見那女魔一身黑氣環繞，生得小鼻小眼，兩顴高聳，面無片肉，一張方形小口，露出上下兩排利齒。一面掙扎，一面戟指咒罵厲聲，慘嘯不已。

英瓊看出神鵰雖用丹氣將其擒住，急切間當除她不了，爪上紫焰又非牠原有，似是奉命行事。正想向神鵰詢問，遙聞前山雷震，又接火旡害傳聲請速飛往，料有變故，心中一驚，隨將手往外一揚，數十百丈金光雷火直朝金光紫焰中女魔射去。

神鵰立將光焰放一空隙，等「太乙沖雷」穿射進去，重又包沒。英瓊為防女魔逃遁，又將慧光籠罩在外。只聽神雷在內連珠爆炸，一片霹靂響過，將女魔震成粉碎。神鵰立將光焰收回，慧光再予一圍，連殘煙餘氣也全照滅。

跟著英瓊便見下面飛起一團暗紫色的光華，上有兩根長約七寸的指甲。耳聽老人喊道：「我受李道友與仙禽之恩，無以為報，區區微物，日內許有用處！回到仙府，一看即知，彼此無暇詳言。」說罷，白光一閃，老人已退入洞內。

英瓊接過那團紫光一看，乃是一個絹包，指甲橫擱在上。不顧細看，匆匆收起忙往前山飛去，晃眼飛到，忽見一條紅影，中現兩人，挾了兩條青光由斜刺裏越崖飛來，正是火旡害同了錢萊。兩道青光乃是兩個禿頭矮子，已被二人擒住。細一查看，矮子身上被好些灰白色的光絲將其綁緊，已然無力掙扎。

石完也自趕到，一到就叫道：「這兩個妖人，李師叔剛走，便來此窺探，被我趕走，本來已快漏網，幸遇我姊姊石慧由此路過，用干神蛛師伯所賜靈蛛絲將其擒住。」

英瓊看所擒二人貌雖奇醜，防身青光正而不邪，好生奇怪，這一干男女同門紛紛趕到，英瓊便對眾人笑道：「這兩人似非左道妖邪，也許受人愚弄而來，火賢侄見聞較多，可曾問過姓名來歷麼？」

火旡害道：「弟子守山，見這兩人用『五雷天方鏨』朝山腳猛攻，便動起手來。問他姓名來歷，一言不發，後為弟子等法寶飛劍所傷，逃遁甚快。恰遇師妹石慧路過，用靈蛛絲將其擒住。弟子想請師伯將他困入『小須彌境』，用『五行仙遁』迫令吐實，或由弟了等用『太乙青靈神光』將其罩住，外用『太陽神光』真火化煉，當無不招之理。」

火旡害話才說完，忽聽寶城山上有人接口遙呼：「快將我兩個哥哥放走，從此決不再來擾犯，並還感激你們，誰敢用『五行仙遁』毒刑拷問，或用神光真火化煉，必和你們拚命，將整座依還嶺震成灰煙，莫怪我狠！」

眾人聽那語聲是個少女，由相隔數百里的對面山頂上發來，語多恫嚇。萬珍、秦寒萼聽了首先有氣，也未告知英瓊，便同飛身趕去，餘人也相繼追往。只申若蘭、向芳淑等五、六人未走。莊易忽在此時飛來，見面朝英瓊把手一揚，上現字跡，英瓊看完大驚，見他連本門傳聲均防對方警覺，料知事關重大！

莊易手上字跡，隨看隨隱，說是那少女身旁帶有一件極奇怪的法寶，一經施為，立將自有宙極以來地心所藏千萬年蘊蓄太陰罡煞之氣引動，發生強烈地震，震源所及，遠達數千里外。

少女得有師門專長，飛遁神速，捷如雷電，萬珍、寒萼等人決擒她不住！一個不巧被她溜走，或是為救兩兄弟情急拚命，妄將此寶發動，便難挽救！

英瓊看完，向莊易一打手勢，先命錢萊押了兩個矮子去往幻波池內待命，身外化身立運玄功電馳追去，暫且不提。

英瓊自從近日煉成第二元神之後，法力更高，元神在外行動應敵，動念即知，與本身同具神通，其應如響。本身坐鎮水宮要地。一會，錢萊用「太乙青靈鎧」化為一幢青色冷光，把所擒矮子押到。

英瓊向二人看上一眼，笑道：「二位道友，幾個後輩門人無禮，幸恕無知冒犯，請坐一談如何？」

隨喚錢萊：「速將二位道友身上『靈蛛絲』收去！」

錢萊答：「此是石慧所發，人已他往。」

英瓊笑說：「此是干道友的法寶，我代收去也是一樣！」二人一聽對方口風不惡，心方覺著有了轉機，免得妹子和敵人各走極端，忽聽地底震動之聲遠遠傳來，雖然相隔頗遠，但已聽出妹子用法寶發難！

二人正自心驚愁急，猛覺身上一輕，復了原狀。對方連手都未抬，那緊綁身上的灰白光絲竟自不見。方想警告主人說地震已然發動，請速放走趕往挽救，還來得及！

英瓊已先笑說：「二位道友請坐敘談，免得令妹到此還當彼此敵人，又生疑忌。」

二人本非邪惡一流，見對方如此大量，連姓名來歷也未問便以客禮相待，越生感愧。遙聞地震之聲，忙接口道：「愚兄弟受妖婦慫恿而來，此時事在緊急，無暇多言。如蒙相諒，請放我二人出去，等把舍妹止住，再回來此領教如何？」

英瓊笑答：「無須，我知令妹持有師門至寶，能於片刻之間混沌宇宙，使方圓數千里內陸沉化為火海，洪水暴發，引出空前巨災。我已設法引她前來，不久就可以相見了！」

二人聽了，心想賓主尚未通名，也許不知自己來歷，同聲急道：「此是震岳至寶『宙靈神梭』，威力至大。舍妹已然發難，望道友速將禁制稍撤，容我二人告知舍妹設法阻止，或是另用法寶將其抵消，以免變生不測，毀了仙府靈景！」

二人神情惶急，英瓊卻仍是面帶笑容，二人互望一眼，道：「李道友，我們弟兄，是震岳神君門下，此次原是受人蠱惑而來，家師近三百年來，從不輕許門人離山遠遊，這次竟會一請即允，並還令往神宮寶庫隨意取上幾件法寶以為防身之用。那『陽九七星環』與『九六宙靈神梭』乃鎮山之寶，威力絕大，向例不許門人輕動，平日想看一眼都難。妹子開庫時一時好奇將其取出，本意這類震撼乾坤混沌宇宙的至寶奇珍，師父任多鍾愛也決不會允許，誰知又是慨然允借，並還傳授如何運用之法。現在事已發動，但盼妹子另外還有防禦之法，能在千鈞一髮之間將其收回，否則巨災立成，如何回見師長？」

英瓊見二人惶恐神情，暗忖正經修道之士果與旁門中人迥不相同。偶因一念貪嗔，妄施毒手，心氣一平立時醒悟！英瓊已看出少女在元神慧光暗中籠罩之下，正懷著滿腹悲憤，手指一道長約三尺，其形如梭，前頭一點銀光上射精芒，後尾一蓬極強烈的黑色光線，帶著「轟轟」雷電之聲由寶城山地底橫斷依還嶺往幻波池仙府衝來。到了洞外一帶，因被癩姑暗用仙法戲弄，那禁網看似破了一層又一層，不知飛行多遠，實則還是停在原處不曾移動。

英瓊忙用傳聲告知癩姑：「我已準備停當，請即放她進來！」

癩姑傳聲笑答：「禁法已撤，請自施為。」

此際震聲由遠而近，來勢猛急，彷彿洞前禁制已被衝破。二人大驚，因那地震之聲來勢絕快，相隔已沒有多遠，照著平日所聞，分明就要爆炸神氣！驚慌情急之下由不得大聲急呼：「三妹，我與主人已然化敵為友，千萬不可冒失！」

二人說時，瞥見英瓊神色自如，若無其事。心方奇怪，「轟」的一聲，一團前面帶著銀色奇光、後有芒尾光線的黑色梭光已穿地而出。當時滿室精芒耀眼，火雨星飛，妹子手掐靈訣也由後面飛出。說時遲，那時快，就這危機瞬息之間，猛瞥見主人手上飛出一蓬紫色光雨，晃眼展布開來，電也似急朝那光梭當頭罩下，比電還快，一閃便自包沒！

同時主人手上又有一團寸許大小奇亮無比的青光，朝原出現處地洞飛射下去。地面當時復原，只剩那道梭形寶光由大而小，晃眼縮成兩寸長形如一枚橄欖，通體烏光黑亮，前頭帶一點銀星之物，朝主人手上飛去。那地震之聲本隨黑梭寶光擁來，被英瓊收去之後，震聲立止，地底深處有一種極尖銳刺耳的異聲隱隱傳來，先為震聲所掩，此時方始聽出。

少女出現時本是面容悲憤，寶光一收，越發驚惶。剛怒吼得半聲待要發作，一眼瞥見乃兄與主人對座室中，正在急呼三妹，忽然醒悟！心念才動，猛想起地心禍胎已被引動。雖然事前慎重，志在要脅對方，留有餘地，但非自己將其退去不可。對方將「宙靈神梭」收去，上下聯繫一斷，不多一會必要發作！忙喊：「你快將『宙靈神梭』還我！我哥哥既然好好在此，決不再與你們為難。如稍延遲，這座依還嶺全被震碎化為火海，闖下滔天大禍，就來不及了。」

說時情急萬分。再見主人收去法寶從容起立，滿臉笑容，大禍當前，一點不在心上，「九六宙靈神梭」托在左手之上也未收起。惟恐時機延誤，話未說完，人便撲上前去想要劈手奪回，先把震源止住再與兩兄和主人問答。

身子一動，猛覺全身被一種力量逼緊。以為當此危機一髮之間主人還賣弄神通，心更惶急，剛喊得一聲：「你們不怕造孽麼？」隨聽身後有人笑答：「道友不必著急，請坐敘談如何？」回頭一看，身後立著兩個少女，內中一個正是先前對敵的李英瓊，和收取法寶剛剛起立的主人，聲音笑貌無不相同！另一個方才對敵時也曾見過。

少女因恐地震發作，聞言仍不顧得回答。側耳一聽，地底異聲本快響到腳底，忽然自行退去，已無聲息。正想不出是何緣故，身後英瓊已走向前面含笑道：「地底震源已退去，不致發生巨災，無須多慮。令兄和我已化敵為友。此時上面正有群邪來犯，必須前往助戰，請與妹子本身一談，恕不同時奉陪了！」說罷，一片慧光閃過，人便無蹤。對面主人已含笑讓座，並將「宙靈神梭」交還。經此一來，兄妹三人才知先見的竟是主人的元神化身，具有同等神通，好生驚佩！

坐定以後，稍為通名問答，英瓊笑道：「三位道友可知令尊尚在人間，為一魔鬼所困，今日才得脫身？如非方才開讀聖姑所留仙柬，得知賢兄妹三人的來歷，方才那樣空前浩劫也不敢那等疏忽了！」

三人聞言，聽說父親在此，不由喜出望外，同聲答道：「記得家父為妖婦所害，恐愚兄妹連帶遭殃，臨難分手之時，曾將左手五指上面指甲取下五節，那指甲乃是信符，道友既與家父相見，又是方才出險，想必在本山。便非救他之人，也必在場，可曾有人見到家父那兩根指甲麼？」

英瓊含笑答道：「指甲兩枚，原是令尊一張柬帖同時交我，不知是與不是？」

三人見英瓊手上托著兩根人手指甲，與自己隨身佩帶的一般無二，驚喜交集，心中怦怦亂跳。猛覺胸前微震，各人懷中鐵囊內所藏指甲已各化作一道銀光同時飛起，英瓊手上兩枚也化作兩道長約尺許的銀光迎上前去。兩下一湊，化為一隻人手，其白如玉，掌色紅潤，纖秀非常，四外銀光閃閃，正是父親昔年時常撫摸自己的那隻「硃砂掌」！不禁悲喜交集，忙即撲地跪倒，同聲哭喊：「爹爹今在何處，可容不孝兒女一見？」

隨聽人手上面發話道：「乖兒女，我命便是李道友所救，三女根骨較好，因與震岳神君夫婦有緣，蒙他渡去愛如親生，得了好些傳授。你雖眷念師門恩義，無如神君夫婦不久閉關，須以百餘年後始能與之相見。此時他夫婦業已成道，至多一面之緣。因你法力雖高，所學並非玄門正宗上乘道法，為此傳了幾件法寶，表面任你出遊，實在算出今日因果，令你拜在主人門下上修仙業！既拜在恩人門下，自應聽從師命！」

原來那老人乃是中條山散仙沐尚，兩個禿子是他兒子，一名沐圯，一名沐埃，那少女名叫沐紅羽。當時三人一起向英瓊拜倒，英瓊忙請沐氏兄弟起身，笑道：「令妹修道比我年久，我實愧為人師。無如令尊盛意殷勤，本門道法是玄門正宗，於她有補益，此是前緣，只好勉從令尊之命，收她為徒，暫時隨我鎮守水宮。至於賢兄弟並非本門中人，無須太謙，以後各論各，作為平輩之交如何？」

沐氏兄弟同聲答道：「謙光盛德，萬分感佩。只為師門恩重，自身福緣淺薄，不能同拜門下，已為恨事，如何還敢妄自尊大，居於同輩！」紅羽也在一旁說：「恩師法力甚高，兼有仙佛兩家之長，萬想不到因禍得主，拜在恩師門下，從此永託福庇。兩兄雖然無此福緣，對於恩師萬分敬仰，還望恩師隨時教訓才好！」

英瓊天性素孝，自是喜幸。沐尚語聲早止，英瓊把手一招，仍化為五根指甲落在手上。笑問三人可要取回？紅羽笑答：「家父當日原說父子相逢之後，全數贈與助他脫難的恩人。此寶如按家父傳授，一經施為便化成一隻大手，憑著主人心意運用。差一點的法寶飛劍均能平空抓去，有時連人也可擒住。」英瓊自不肯收，後經三人再三勸說，只得收下轉賜紅羽。

這時洞中四人喜氣洋洋，依還嶺上卻打了個烏煙瘴氣，難解難分。原來，當初沐紅羽發話，萬珍、寒萼等人追去，但英瓊身外化身，後發先至，趕在前面，將紅羽逼進幻波池來。

萬珍等人尋不見紅羽，才返回幻波池上空，為東海雙凶打頭陣的一干妖人，已自到達，來勢洶洶，人數甚多。為首兩個妖僧，廉紅藥一見，揚手二十七口「修羅刀」首先飛出。滿擬「修羅刀」專戮妖邪。誰知二妖僧手上，各托著一個形似缽盂之寶，隨手一指，立有兩股金碧色的光氣神龍吸水一般由盂口飛出，自空高掛，先將二十七道「修羅刀」的碧光擋住。另一股立時展布開來，作喇叭形四下展布，擋在妖人前面，將眾人的法寶飛劍一齊敵住。

眾人本全學會本門「太乙神雷」，紛紛朝前亂打。無奈妖僧缽盂中這兩股光氣雖被飛劍、寶光、「太乙神雷」偶然衝散，但是隨分隨合，一任飛劍、法寶、雷火橫飛，休想前進。有那功力稍差的飛劍竟還被吸住。下餘妖徒各施邪法異寶，隱身光氣之後，朝外夾攻。幸而方瑛、元皓的「太乙青靈鎧」、錢萊的「太乙青靈神光」均是枯竹老人所賜奇珍，未為所敗，鬥個相持不下。火旡害和石完一個發出千丈烈火，「太陽神火光線」滿空飛舞，石完仗著家傳地遁，依然聯合錢萊時隱時現，出沒無常，二妖僧幾次想下毒手，均未成功。

另一妖道生得身材高大，形如巨靈。手持丈八妖旛，周身籠著丈許厚的暗黃色光氣，停空不動。天神一般，怒睜著一雙巨目，凶光閃閃注定眾人，似要待機而發。火旡害看出妖道最為厲害，幾次運用玄功變化，化為一個火人由高空中直衝下去，左手大團連珠雷火，右手大蓬「太陽神光線」，想破那面妖旛，均未如願。錢萊、石完更由地底飛出，上下夾攻。妖道對於別人的飛劍法寶全未理會，每一近前便被身外暗黃光氣擋住。獨對火旡害卻似有些顧忌，每見「雷火光線」射到，妖旛一展，不是人影全無，便是旛上冒起百丈黃煙將其敵住。火旡害空自急怒，拿他無法。

那一面，兩條碧色人影各由手上發出一片暗黃色的光氣，猛朝萬、秦二女身前撲到。廉紅藥那二十七口「修羅刀」本吃妖僧缽盂巾的金碧光氣吸住，此進彼退往來掙扎，相持不下。忽然電也似急收了回來！妖僧手指妖氣追將過來，吃火旡害揚手一股「太陽真火」將其敵住。宛如一道百丈彩虹橫亙空中，一頭金碧二色，一頭亮若紅晶，頓成奇觀。

同時那兩妖人已朝萬秦二女當頭撲到。二女各指飛劍法寶朝前迎敵。不料那暗黃色的光氣十分奇怪，寶光神雷衝將上去，只打得千百丈黃煙四下迸射，妖氣反而越來越濃！這還不說，那身材高大手持丈八長旛的妖道忽把妖旛一晃，旛上黃色光氣立時鋪天蓋地展布開來，朝著眾人當頭壓到！

三股妖氣晃眼合為一起，重如山嶽，威力更大。二妖僧金碧光氣，冷不防驚虹飛射由斜刺裏衝將過來，只一捲便將石奇、趙燕兒兩口飛劍收去，跟著又收了萬珍一件法寶。依還嶺前山已被黃塵佈滿，妖魂時隱時現，出沒無常，眾人的飛劍法寶全無用處。便把劍光寶光連合在一起，勉強相持。

第三回　三小揚威　雙凶肆虐

一時黃塵蓋天，宛如山崩海倒，潮湧而來。陰風慘慘，鬼哭狼嚎，聲勢越發驚人，逼得眾人無計可施。迫於無奈，正用傳聲求救，那兩妖人碧影由萬丈黃塵中忽然出現，朝萬秦二女當頭撲下！

還未近前，二人已覺到了一股冷氣，當此危機一髮之間，忽聽癩姑傳聲急呼：「二位師姊速用『彌塵旛』防身快退！」

寒萼聞言把「彌塵旛」取出，剛一晃動，妖人也自撲到！向芳淑在旁立得最近，猛瞥見兩條碧影由妖氣黃塵中突然出現，分朝萬秦二女撲去，揚手飛起「納芥環」，化為一圈金霄將三人一同圈住。恰好寒萼「彌塵旛」也化為一幢彩雲飛起，將三人一起護住。

那無量威力的暗黃光氣逼得眾人紛紛敗退。眾妖見眾人各將飛劍法寶連成一起，急切間奈何不得，互相商計，索性把眾人逼往幻波池前。等其下逃遁，再以全力把全山壓成粉碎，索性連人帶幻波池一起震毀！

眾妖人正在一廂情願，忽見五朵紫色燈花突然出現，投向黃煙之中。那五朵燈花雖然光彩晶瑩，但都不大，飛舞而出。那黃色光氣本是一片整的，彷彿一座向前傾斜的排天峭壁，迎面壓到。那紫色燈花只閃得一閃，便打入黃塵邪霧之中。

緊跟著便聽「波波波」接連五聲極輕微的炸音，猛覺元神大震，那萬丈黃煙「轟」的一聲向上急湧，紛紛震散，化為其大無比一片黃色煙雲直上九霄，只一閃便把天空佈滿，晃眼之間全數消滅！

眾人正當危急之際，忽見那麼濃厚的妖光邪霧被李英瓊幾點「紫清神焰兜率火」全數消滅，俱都狂喜，精神大振，各指飛劍法寶向前猛攻。不料二妖僧早有準備，缽盂中的金碧光氣重又飛出，分化為數十股，將眾人的寶光飛劍分頭敵住。

二妖道黃霧被破去，將手中長旛一拋，又有大團黃氣飛出。妖道擲出長旛以後，手伸法寶囊內還未取出，猛覺身後被人點了一下，有人說道：「這大個子打起來有多麻煩！」

妖道也是氣昏了頭，身後這一下又點得不重，以為同黨招呼，回頭看去，眼前一花，「叭」的一聲，左臉上猛挨了一下重的，打得頭昏腦脹，七竅生煙，兩太陽直冒金星！目光到處，對面乃是一個貌相醜怪的癩女尼，搖頭晃腦笑道：「我只說你這麼又高又大的個子，必有幾分來歷，惟恐狗骨太硬，把我的手打痛，沒有用力，只輕輕拍了一下！沒料到山大不出材，會這樣不經打，我的手還未殺癢呢，你鬼號些什麼？」

妖道急怒攻心，暴跳如雷。見敵人凌空而立，身外並無寶光圍繞，除那一掌力量大得出奇，連臉頰骨和牙齒差一點均被打碎，其痛徹骨而外，別的毫無異處。怒急心昏，一面行法護痛，揚手便是一道黃光朝前飛去。

誰知小尼看去貌不驚人，卻是滑溜異常。黃光飛到，身形一晃便到了妖道身後。只聽「叭」的一聲，妖道夾背心又中了一下，這次打得更重！

妖道被這一掌打出老遠，只覺心脈快要震斷，元氣大耗，疼得周身亂顫，背骨欲裂。忙將法寶取出，化為一蓬灰白色光絲，一面行法止痛，一面施展毒手報仇雪恨。忽聽空中一聲鵰鳴，兩點金光一閃，一股疾風由空中當頭撲下，一隻大白鵰通身銀光閃閃，目射金光，兩隻鋼爪簸箕也似，銀羽橫張約有兩丈來寬，正由空中星丸電射，當頭下擊！

妖道頭上忽作奇痛，眼前倏地一暗，忙縱妖光向旁逃遁。驚懼百忙中覺著頭皮已被抓裂，回頭一看，鵰爪上面各發出兩股紫色光氣，那籠罩身外的一蓬灰白光線已被全數抓走，連頭皮抓裂了一大片，差一點把腦袋抓破！

當時鮮血淋漓，痛楚非常。正自又驚又怒，萬丈金霞帶著千重雷火自空直下，朝身旁不遠的妖旛上打去。同時又有一彎形如新月，帶著金、碧、紅三色的朱虹由小癩尼手上發出朝妖旛上絞去！

說時遲，那時快，一蓬冷氣森森寒碧精光又由斜刺裡電擊飛來，剛看出是專戮妖邪的「修羅刀」，逃已無及。那二十七道刀光橫身一繞，當時形神皆滅，灑了半天血雨。

二妖人一死，眾峨嵋弟子寶光又夾攻而來，兩妖僧指揮缽盂中金碧光氣應敵，忽見兩股青氣，射入金碧光芒之中，朝青光來處一看，乃是一個年約十六、七歲穿紅衫的少女。手上抱著一個古瓶，看去非晶非玉，青翠欲流。瓶口上刻著一個怪頭，和海蜃相似。

那兩道閃幻不停的青氣便由瓶口之中飛出，細才如指，到了半空方始加大分投兩個缽盂之內，吸力大得出奇，缽盂與妖僧心靈相合，竟幾乎把握不住，這一驚真非小可！彼此不約而同，一個揚手發出一口形似戒刀亮如銀電的光華，一個由身畔取出三枝小箭，揚手便是三道青光，同時朝前飛去。一個跟著又把腰間葫蘆一按，飛起一個水泡形的光球，看去粉紅透明，薄如蟬翼，在一片金碧光華擁護之下停空急轉。

二妖僧大喝：「小狗男女，速即跪下降服，命這賤婢把手中瓶獻上，還可活命！」

對面四人正是廉紅藥、向芳淑在火旡害、錢萊保衛之下，一個用

「修羅刀」去殺那身材高大妖道，一個便將輕易不用的前古奇珍「青蜃瓶」取出施為，一面各用飛刀、飛劍去分敵人心神，一面用那形似水泡，專取攝敵人心神的法寶向二妖僧施為，只等人一昏迷倒地，立時把那寶瓶搶了逃走。說時遲，那時快，空中水泡形的粉紅光球剛一轉動，火旡害突然連人飛起，化為一股烈焰朝水泡射去。

二妖僧一見「太陽真火」，自知無倖，各把中指咬斷朝外一噴，立化為兩條血影，錢萊早有準備，一幢青熒熒的冷光突然飛起將兩條血影罩住。二妖僧見四面皆敵，正待施展「化血分身」之法與敵拚命，忽聽兩聲佛號，宛如鸞鳳和鳴，響徹天際，當時機伶伶打了一個冷戰，抬頭一看，正是方才抓去妖道護身法寶的那隻白毛神鵰同了另一隻神鵰並肩而來。

二妖僧一抬頭間，癩姑「屠龍刀」一彎形如新月的朱虹向上一圍，二妖僧已被「屠龍刀」斬為兩段，元神立自死人身上飛起。

眾人也紛紛發動，數十百道劍光寶光電舞虹飛往上包圍，依還嶺上空立時交織成了一片霞光萬道的天幕，眼看妖魂就要消滅！

妖僧元神是兩個赤身小和尚，由一片金碧光華托住向上急升，見滿空寶光交織，面有懼容，正在同聲急呼，兩股紫氣驚虹電射白空直下，將妖僧全身罩住。同時又有兩股同樣的紫色光氣飛射下來，將兩個紫金缽盂裹住。

眾人好生驚奇，定睛一看，正是神鵰鋼羽同了白眉僧座下舊同伴一同電馳飛來，各由爪上發出兩股紫氣，一爪一個將妖僧和那兩個缽盂一齊裹住。二妖僧立時合掌跪倒，口宣佛號，面現喜容。神鵰朝著下面把頭點了兩點，一聲長嘯，隨即騰空飛起，二妖僧隨紫氣上升，全身仍是被紫氣包圍，晃眼之間便全無蹤影。

眾人見此情勢，便各停手。

英瓊知神鵰近來雖然學會人語，事急之時，仍用鳥語，自己還有幾句不曾聽懂，正喚袁星來問，癩姑已先笑道：「我知這兩妖僧昔年原是空陀老禪師門人，功力頗深。後因誤交妖人，被逐出師門。看二神鵰情勢，必奉老禪師之命而來。只不知這類棄正歸邪、助紂為虐的妖僧，如何還肯救他！真個佛門廣大，連惡人也在救護之列不成？」

癩姑對二妖僧和神鵰之間的事也不甚了了。原來佛門最重因果，那空陀禪師與白眉神僧同門師兄弟。當初兩神鵰尚是黑色，性喜殺生，誤傷一散仙所養仙鹿，已然將其擒住要殺死。

此時二妖僧尚在空陀門下，與散仙有交，見二鵰生得神駿可愛，代為講情帶回山來請師父收養。空陀笑說：「我哪有此閒功夫渡此猛禽！」二妖僧苦求不允，又向白眉神僧請求收容，竟是一說即成。由此二鵰便在白眉門下聽經，終受佛法渡化。故二妖僧生死關頭，二鵰趕來相助。

當下眾人大佔上風，興高采烈，癩姑知道來敵尚眾，不可輕視，再三告誡，小心防守。

不多久，一片暗紫色妖雲，已潮湧而來。英瓊在洞外守候，只見八十多個妖人同在一片暗紫色的妖雲之上緩緩飛來，離地只一兩丈高下，與地面相接。為首二人一老一少，相貌均頗清秀。老的獨坐在丈許方圓形似風車的法寶之上，神態尤為安詳。另一道裝少年，中等身材，更是神氣。另有一片紫色濃煙將下半身擁住，自膝以下，全看不真。正是東海雙凶趕到！

英瓊雖未見過他們，但知雙凶前為師祖長眉真人所敗，一個斷去一足，一個把雙腿斷去尺許，已成殘廢。老的斷一足坐在「五葉飀母車」上，還不避人。另一個年少的最是淫凶狠毒，性喜修飾，不願被人看見，常年均用紫色濃煙擁護著下半身子，一望而知。

眼看群邪在雙凶率領之下隨著那片暗紫色的妖雲緩緩湧來，離身已僅三數里路。雙凶中年老的一個，坐在風車上面指點本山靈景和那些琪花瑤草彼此說笑。大意是說幻波池經聖姑多年佈置，內裡金庭玉柱，萬戶千門，仙景無邊，美不勝收。命同黨妖人少時向敵人曉諭，如肯降服，將內中藏珍「毒龍丸」連同仙府全數獻上，便可從寬發落。如其螳臂擋車，此山景物靈秀毀去也太可惜，動手時務要留意，免他師徒入居之時又須費事重修！眾妖人同聲附和。

那口氣十分志得意滿，彷彿依還嶺連同幻波池仙府均他囊中之物！英瓊如何忍得這口氣，勾動了平日剛烈嫉惡之性，正想用紫郢劍去應敵，火旡害在一旁，自告奮勇，願去試新陣。

英瓊略一思索，便道：「火賢侄，你和錢萊、石完二人一起前去，石完地遁前往，你們兩人都要小心！」火旡害一聲答應，恢復原樣，是個膚如玉雪的俊美幼童，錢萊一同飛出慧光之外，也不用甚遁光，飛步往前跑去。

雙凶假作觀賞景物，暗中留神查看對方動靜。忽見兩個年約十二、三的短裝幼童跑來，相去只有二里來路，突然出現，竟未看出怎麼來的！再一細看，二童全是短裝，仙骨仙根，一身道氣。內中一個身穿紅蓮雲肩戰裙，頭綰一個抓髻，上頂一朵金蓮，中嵌明珠大如龍眼，寶光四射，膚白如玉，臂腿全裸，赤著一雙白足，打扮得和紅孩兒差不了許多。

雙凶心正疑惑，二童跑到前面不遠停住，似要發話神氣。

雙凶本想借著問答恫嚇示威，又因來人年紀太幼，自己人多勢盛，如若先出手，勝了也不體面，方命眾人暫停，喝道：「命那兩個娃兒上前答話，這類乳臭未乾的後輩頑童何值動手，我們決不傷他，教他不要害怕！」末句還未說完，忽聽連接兩聲怒叱，聲隨人起，一幢青熒熒的冷光和一股比電還亮的紅光帶著霹靂之聲已由對面射到！

雙凶萬沒料到來人一個火兂害，一個錢萊，看去形似幼童，一秉真火精氣而生修煉千年，一是累生修為，轉世不久，家學淵源，隨身法寶更多，各具驚人神通威力，來勢疾逾雷電。既有備而來，突然發難，那片妖雲如何擋得住「太陽真火」與「太乙青靈神光」！

空有一身法力，也是措手不及。只聽霹靂連聲，轟轟怒鳴，那比電還亮的太陽神光線和數十百團碗大的太陽真火紛紛爆炸。那片紫色妖雲，晃眼震散，群邪和眾妖徒驟出不意，已有數人受傷，當時陣容大亂！

就這晃眼之間，錢萊又將飛劍法寶相繼飛出，「太乙神雷」連珠爆炸。火旡害一見錢萊大顯神通，一不作，二不休，將人化成一幢烈火，飛舞群邪之中，雙手齊揚，把所煉太陽真火神光連同億萬銀色光線，宛如雨雹一般照準群邪當頭亂打。

二人下手都是又猛又急，那逃得稍慢和相隔較近的妖黨，晃眼便傷了好幾個。雙凶剛看出那幢青光乃大荒無終嶺枯竹老人傳授，猛又聽震天價一聲迅雷起自身後，大蓬墨綠的光華連同比電還高的銀色雷火突然爆炸，殘餘妖雲立被震散。目光到處，瞥見又是一個幼童，滿頭綠髮，生得又矮又小，貌相奇醜，剛由身後地底飛出，嘻著一張怪口，揚手又是兩團「石火神雷」打到！正經敵人一個未見，卻被三個幼童打得七零八落，傷亡了好幾個妖黨，不由大怒，同聲厲嘯，把手一揚，各由手上飛出一條形似人手的光影，朝來敵抓去。

兩隻怪手光影剛一出現，暴長丈許大小朝下抓去。就這瞬息之間，猛瞥見綠髮幼童手中大團銀色雷火剛發出來，忽然往下一矮，面前五色煙火微一起伏之間，敵人透過煙層遁入地內，一下抓了個空！緊跟著便見那幢青色冷光比電還快由斜刺裡飛來，慌不迭雙雙回手去抓，左側又有兩團酒杯大小亮如銀電的精光朝那兩隻怪手打到。看出那是太陽真火精英煉成之寶，「波」的一聲大震，銀光已自爆炸，化為億萬精芒四下激射，那兩隻怪手也被打中！

同時人影一閃，蹤跡不見，耳聽得大聲喝道：「無恥妖孽，且叫你嘗嘗峨嵋三代門人的厲害！如願送死，快到前面納命！」

雙凶有生以來，幾曾受到這等奇恥大辱！互相對視了一眼，全都氣極。毛簫坐在雲車之上依舊面帶詭笑，神態從容。章狸因那擁護斷腳的隨身雲氣被石完一雷震散，露出兩條殘廢的禿腿，由不得怒火中燒。

毛簫等群邪恢復原狀，仍令從容進發。相隔嶺頭約有一箭之地，命眾停住。正要發話，忽見對面現出一個綠衣少女，背插單劍，腰掛寶囊，丰神英秀，美豔如仙。雙凶自從方才受挫，對於敵人已不再似以前輕視，便命群邪暫行止住，命那女子上前答話。

那綠衣少女正是「墨鳳凰」申若蘭，從容笑道：「你們哪裡的？彼此素昧平生，無故來此擾鬧，是何緣故！今早曾有僧道四人帶了一夥徒黨來此作祟，經本山主人李英瓊略施仙法，全都傷亡殆盡。只有兩個妖僧，眼看形神皆滅，因有李師妹和白眉老禪師座下仙禽代其求情，才將他元神放走，此外無一倖免。如聽良言，回去稍為靜觀數年，看看是否正勝邪消，再倒行逆施不遲！」

若蘭神態溫和，語聲尤為清婉好聽。雙凶一個素來把穩，一個是淫凶好色，只管懷著滿腹怨氣而來，竟為對方容光所奪，同聲笑答：「今日之事，強存弱亡，哪有許多話說！方才三個小畜生暗算傷人，那是我們自不小心，早晚擒到自有他的受用！幻波池藏珍『毒龍丸』是無主之物，你們如何自恃人多勢眾據為己有！我們也以良言相告，乖乖將那藏珍『毒龍丸』全數獻出。並令李英瓊、余英男兩個賤婢隨我二人回轉東海，便可無事，否則——」

雙凶底下的話還未出口，數十百道金光雷火連同先前三個敵人同時出現。若蘭見三小動手，也將仙劍飛出助戰。兩旁埋伏諸人見狀，一齊現身，相繼動手，各把飛劍法寶放出去，英瓊知道邪法十分陰毒，恐有失閃，忙喝眾人即速退往慧光之內，只用飛劍法寶出敵，隨將慧光現出。

火旡害隨向雙凶大喝道：「無恥妖孽，休得猖狂！昔年你這兩個妖孽被太師祖長眉真人禁閉東海海底水眼之中，受了這多年的罪孽，難道還未受夠？才一出困便來自取滅亡！各位師長一位也未見到，先吃我弟兄三人殺得大敗，還敢張牙舞爪，豈非無恥！如有本領只將我兄弟三人擒住，休說你兩個殘廢妖孽念念不忘的『毒龍丸』，連幻波池也可歸你，你看如何？」

雙凶原因英瓊生得美豔如仙，色心大動，暗中運用邪法，打算將其迷倒，冷不防擒回山去，及見對方神色自如，若無其事，連施攝魂邪法毫無感覺，不知身在佛家慧光暗中籠罩之下萬邪不侵，心方驚奇，眼前倏地光華電閃，耳聽連聲怒叱，先前所見三小各施真火神雷、飛劍法寶，當先發難。緊跟著又有七八個男女敵人隨同對面少女一齊現身，分左右兩旁立定，各指飛劍法寶紛紛夾攻。這次總算群邪有了準備，當時敵住，兩方打了一個平手，暫時未有傷亡。

雙凶正想運用玄功變化冷不防飛身進去，挑那靈秀貌美的少女先擄上兩個再說。猛瞥見眼前一亮，一團大約畝許的祥輝突在敵人頭上出現，在場敵人除火旡害等三小外全都籠罩在內。看出此是佛家降魔慧光，這一驚真非小可！暗忖對方都是玄門中人，這團慧光明是佛家降魔至寶，如非得有佛門上乘傳授，豈能應用？

雙凶一面率領群邪分頭迎敵，一面把預先準備的妖陣如法施為，指揮眾妖徒佈置起來。口中大喝：「今日我必將幻波池化為劫灰，憑你們幾個小狗男女決非我的對手，何人為首，無須藏頭縮尾，可速出來納命！」隨來妖徒各將身旁妖旛法物取出，往四下分佈開來。

雙凶與群邪凶威暴發，各將邪法異寶施展出來，一面迎敵，一面布那妖陣。一時煙光雜遝，邪霧蒸騰，加上眾人的飛劍法寶、「太乙神雷」滿空爆炸，轟隆砰訇之聲震撼山嶽。

火旡害等三人星馳電射，穿梭也似衝行妖陣之中，此隱彼現，出沒無常。一團團的「太陽神火」和錢石二人的「青靈神光」、「石火神雷」，不是當空爆炸，銀雨橫飛，便是自地爆發，毫光萬道。所到之處眾妖徒挨著便震成粉碎，或是炸去半邊身形，各化為殘煙斷氣，等雙凶行法復原，元氣真魂已受重傷，苦痛非常。

苦鬥了一日夜過去，妖陣終未布成，眾妖徒倒有一半受了傷。雙凶見妖徒連受重創，隨來同黨又先後傷了十幾個。妖陣不曾布成，妖旛法物反被真火神雷毀去不少，越想越憤，咬牙切齒，一聲獰笑，雙雙把手一揚，立有兩片黑色心形暗影脫手飛起，打算朝三人頭上飛下。

暗影還未展布開來，猛瞥見兩道青色冷光帶著豆大一點如意形的紫色火焰，由幻波池中飛起。來勢並不甚快，形如一朵燈花，精光熒熒，流輝四射。乍看好似浮沉空中飄蕩而來，還未看真，竟會到了兩片黑影的中心，猛覺不妙，待要行法回收，火无害一見方瑛、元皓帶了「紫清神焰兜率火」由池底飛出，立時將計就計，假作疏忽，往那兩片黑影當中疾飛而過。

雙凶最恨火旡害，當他無意中自投羅網。那兩片心形暗影乃雙凶被困海底用三百年苦功煉成的邪法，凶毒無比。無論對方法力多高，只被當頭罩下，往裡一合，人便神志昏迷，狀類瘋狂，聽憑邪法主持。雙凶本已看出那朵紫色燈花是件異寶，只因擒敵心切，一時未將暗影回收，紫焰來勢快絕，就這一眨眼間，已到了兩片暗影之中。以雙凶的目力竟未看出怎樣來的！方自失驚，已然無及，只聽「波」的一聲極滑脆的爆音過處，紫焰突然爆炸，化為億萬精芒四下飛射，雙凶合力施為的兩片暗影首被擊敗。那一震之威，竟將高湧天半的妖光邪霧震散！一時駭浪雪崩，狂濤山立，由中心往四外排蕩開去，當時空出數十畝方圓一片地面。相隔較近的幾個妖黨內有兩人當場斃命，被紫光震成粉碎，還有三人也各受了重傷。

那兩片暗影是雙凶本身元氣所化，自然損耗不少，經此一來怒上加怒，本來還約了幾個同黨未來，此際同將信號發出。雙凶所發信號與魔教中「萬里傳音」大同小異，先把所說的話說上一遍，一面行法施為，立有一股黑氣將語聲封閉在內，朝著對方飛去，無論相隔多遠，不消片刻便可傳到。

這類邪法火无害全都知道，見雙凶白被「兜率火」將那兩片暗影擊散之後，一面率領群邪妖徒奮力迎敵，一面嘴皮微動，跟著各由手上發出一小股黑煙，把手一揚便急如箭射破空飛去。那黑煙也發出了五、六股，均是隨同雙凶嘴皮亂動，突然破空飛走，一閃不見，神速異常。

這時全嶺又在妖光邪霧籠罩之下，雙凶一面施為，一面仍朝三人追逐不捨。本就煙火燭天，再加上許多法寶、飛劍、真火、神雷滿空飛舞，越發五光十色，耀眼欲花。

那黑煙看去甚淡，飛走之時只有手指粗細，一閃即逝，不是深知底細全心注視，直看不出！暗忖妖孽師徒共有百餘人之多，忽然連發信號，未來妖黨定非少數，不知內中有何詭計，何不抽空截住將其破去，聽他說些什麼？想到這裡，便用傳聲告知錢、石二人。

錢、石二人本就膽大，一聽就連聲叫好，三人正要行動，錢、石二人待向外飛去，章狸已一聲怒吼，本身往後撤退，一片妖光先將全身連那腳底妖雲一齊護住，立由身上飛起一條暗紫色的人影，晃眼暴長，猛伸雙手朝錢、石二人撲去！

錢、石二人猛覺眼前一暗，一條暗影已當頭壓下。跟著寶光外面一緊，連掙兩掙不曾掙脫。

二人因在「太乙青靈神光」籠罩之中，當時雖未中邪倒地，但是四外均被暗影裹住，休想移動！二人一著急，便將在金石峽到手的

「三才清寧圈」中的地圈、天圈放起。一出手是兩圈其亮如電的寶光套向二人身上，晃眼透出光幢之外，立時發生威力，一個射出萬道青芒，一個射出無量金星，都是由小而大電也似急向外暴漲。

章狸正用兩條鬼手長影將冷光緊緊束住，猛瞥見一青一黃兩圈寶光由內透出，方覺寶光強烈不是尋常，說時遲，那時快，那天地兩環寶光已帶著萬道毫光，無量星花，透出冷光之外突然暴長。為了先前壓束太緊，被寶光猛力排蕩了一下，如非應變機警，差一點連那兩條鬼手影也被震碎。心方失驚，緊跟著又是一箭青熒熒的冷光由內飛出，形如一片竹葉，前頭葉尖上精芒四射，細如牛毛，又勁又急！

章狸動作如電，早把本身元靈所化黑影飛回與原身相合，遁出圈外。見那兩圈寶光只一閃便長大二、三十丈方圓懸向空中，四圍妖光邪霧立被震散，空出大片地面。眼看快要布成妖陣，又被寶光衝破，還失去了十來面妖旛，那片形如竹葉的冷光又迎頭飛來。揚手一片紫光迎上前去，剛一出手，忽聽毛篇急呼：「章弟，此是枯竹老怪心靈相合之物，如何大意？」

章狸當時警覺，知道這青光形似竹葉是枯竹老怪元靈相合之寶。

照例一旦無心相遇，除卻拚著受傷或是向其服低告饒，輕則如影附形，便用法寶將其擊成粉碎，照樣化生億萬越來越多，永遠隨定自己，不見血光決不退去；重則休想保得整個身子！愧憤交集之下呆得一呆，竹葉已被紫光斬為數片，寶光反倒加強，飛舞而來。

耳聽同黨又在連聲警告：「我們與老怪物無仇無怨，既將本命竹葉送人，必有淵源，已然引發，暫時只好照他平日信條容讓一步，事後再往尋他理論不遲，現當要緊關頭，何苦負氣！老怪物得道比我年久，便讓一步也不會丟人！」

章狸做夢也沒有想到會有這樣最難惹的魔星暗助敵人和他為難，心雖不憤，無如對頭法力之高不可思議，有名難惹！知道只有早點打發，可少吃些苦頭。正在盤算，恰好旁邊一個妖黨陶泉，看到一片青光被章狸所發紫光破成四片，以為可揀便宜，揚手一道叉形碧光飛上前去。章狸見有人不知青光來歷，前去送死，也不提醒，反倒後退。妖人碧光才一迎上，那四片青光立時粉碎，化為一蓬花雨當頭罩下！

妖人上來不曾留意，突然警覺，心神慌亂，只顧收回飛叉逃避！此寶威力神妙，除非真有極大法力將其收去，再用本身真火費上三四十日苦功將其消滅，任何邪法異寶只一接觸立生感應，如影隨形。不擊碎還好一些，擊碎以後便成了一蓬星花，最小的細如毫芒，中在人體立時爆炸，冷焰寒光同時侵入骨髓，休想活命！章狸陰險凶殘，巴不得有人替死，哪裡還顧同黨義氣！見狀大喜，不特沒有相助，反而暗施邪法擋住退路。

妖人驚慌逃竄中猛覺身上一緊，知中同黨暗算，那一蓬青色星花也自打向身上，當時通體酥麻！把心一橫，勉強運用玄功震破天靈，化為一溜綠光刺空飛走。章狸不料陶泉當機立斷，見勢不佳，元神立捨肉身破空遁去。為防萬一，又把舌尖咬破，一片血光飛出去，妖人元神已然遁走，那大蓬星花也隨同妖人慘死一閃不見。

雙凶見枯竹老人的竹葉靈符消失，心剛一寬，忽聽連聲怒叱：「無知妖孽，惡貫滿盈，眼看滅亡，還敢逞強行凶！」同時迎面飛來一男一女。人還未到，一道青光，一道銀光已電掣飛來。

章狸見那兩道劍光宛如青虹電舞、銀練橫空，青光更具威力，不敢大意，忙即迎敵。

來的一男一女，正是周輕雲、嚴人英，因恰好路過，下來相助，嚴人英一面喝罵，把手一揚，眼前倏地一亮，突現出大片金光。光中一隻大手，帶著「轟轟」雷電之聲飛起。雙凶恰正運用玄功飛起兩條紫陰陰的人影待朝二人抓去，一見金光大手突然出現，看出了來歷，心中一驚，當著群邪和一班妖徒，又不甘示弱，各人把心一橫，決計施展全力與敵一拚。

剛同聲怒吼迎上前去，覺出那大手只管飛舞變化，聲勢驚人，威力不如意料之甚。略鬥了一會，越看越覺那大手虛有其表，無甚威力。再看對面兩個敵人已然不見，方疑那是幻影，心中一動，金光一閃，連那大手同時不見，才知上當！

輕雲、人英用女仙瑛姆一枚靈符阻住雙凶，匆匆飛入幻波池和英瓊相見，知道幻波池有英瓊、癩姑主持，可保無事，便又飛走。雙凶空自暴怒，正在另謀毒策，忽聽破空之聲，二、三十道妖光正由東南兩面破空衝雲而來，妖黨相繼趕至。

眾妖黨一到，妖人重又聲勢大盛，正指眾人厲聲辱罵，意欲激令出鬥。忽聽一聲清叱，一道紫虹從幻波池中電掣飛出。一個白衣少女，人既美秀絕倫，所用飛劍光華又極精純，眾妖黨均非無名之輩，早就聽說峨嵋三英的威名。見敵人那等裝束，劍光又是紫色，初出現時宛如一條紫色晶虹，精芒內斂，真氣如龍，正與傳說中的紫郢劍相似！同聲大喝：「賤婢何人，通名受死！」各指妖光蜂擁而上。

眾妖人才一迎向前去，紫虹突然暴漲，電也似急射出來，先朝空中飛舞的那些法寶飛劍一絞，當時破去好些，化為滿天星雨，五光十色，四下飛舞，轉眼消滅。

眾妖人不禁大驚！英瓊運用仙劍滿陣飛舞，一面把「太乙神雷」向外亂打，英瓊近來功力大進，所發神雷威力更大。身劍合一以後，任何邪法異寶均難侵害。有如神龍鬧海飛騰往來於千重焰光之中，飄忽若電。看去似一條大火龍，法力稍差的妖黨稍一逃遁不及，立被紫光掃中斬為兩段，再吃雷火金光往上一圍，多半連元神也保不住，便自消滅！

英瓊正在大展神威，忽見妖黨中有三人，形貌詭異，與眾不同，各穿一身上有龜甲的魚皮短裝，飛舞起來宛如三團碧火，前所未見。正打算另用法寶除此三敵，三妖人已然飛來，耳聽火旡害傳聲急呼：「李師伯，此是西海落魂島上三個著名妖孽，三妖已伏誅多年，不知怎會被他逃出殘魂煉成形體，又來害人。此是修道人的大害，李師伯最好將其除去！」話未說完，英瓊百忙中已看出在場群邪自從這周身發光的妖孽一出現，全都紛紛逃避，遁向一旁遙觀，當時空出了大片地面，並無一人上前。

三個發光怪人動作神速，飛舞而來，英瓊伸指一彈，將一朵「兜率火」隱去寶光，先升上半空，再由心意指使，襲向三妖身後，一面用紫郢劍光化為一片紫色光牆，擋住三妖來勢。

三妖自恃神通，竟想硬由紫郢劍所化光牆之中穿行過去，怒吼一聲間，猛覺後心一涼，似有一股極奇怪的冷氣由身後猛襲過來。心方一驚，隨聽「波」的一聲極清脆的爆音過處，連念頭都不容轉，「兜率火」已自身爆炸。一時紫焰橫飛，百丈星花，滿空花雨繽紛中，三妖孽全被震成粉碎，化為萬縷殘煙四下激射，形神皆滅！

群邪見此情勢，全都又驚又怒。雙凶見三個妖孽為一朵燈花所殺，形神皆滅，越發驚疑。那紫色燈花第二次出現，威力更大，便非佛家心火，也是威力相等之寶。否則這三個妖黨何等神通，怎會晃眼被敵人全數消滅，連殘魂也未逃走一個！

英瓊一戰得勝，又和眾人退入幻波池中，只有三小還在滿山飛舞。雙凶怒不可抑，連聲厲嘯，身子往後微仰，先後飛出一片妖光將真身護住。兩條暗紫色的人影立由身上透出飛向空中，當時暴漲，朝三小撲去。晃眼之間儂還嶺全山在暗影籠罩之下，只見四條長臂帶著其大無比的兩隻怪手，飛舞上空，光影閃變，隱現無常，飄忽若電。稍為注視便覺眼花撩亂，好似千萬條人影在煙光雜沓邪霧千重之中飛舞往來。

這時，金蟬、朱文、余英男等三人已在寶城山上除去一個著名妖邪，一同趕來，同時對面依還嶺上又有一妖僧趕來。那妖僧身材矮短，形貌凶醜，所穿僧衣短只齊膝，上面滿布翠色魚鱗，宛如千百隻怪眼貼在上面齊射凶光，與方才峰頭遙望為英瓊「兜率火」所殺周身發光的三妖孽好些相似。凌空飛來，其快無比。身後幾個妖徒，也是黑煙滾滾，來勢猛惡，比先來諸敵要凶得多。

金蟬、朱文、余英男恰巧飛到，不知那是南海大魚島萬目和尚，與英瓊所殺落魂島三妖孽昔年正是同門。見來勢猛惡，料定左道能手，上來便以全力夾攻，金、朱二人的「天心環」與英男「離合神圭」全是邪魔的剋星，二妖僧前臨危機，毫未看出，等到身上一緊，猛然警覺，已被「天心雙環」裹住！一聲怒吼，形神皆滅。英男又用「離合神圭」將隨來妖徒除去兩個，另兩個也被南明離火劍斬為兩段！

金蟬等三人待追殺眾妖人，忽見一溜銀雨，石生帶著新收徒弟韋蛟也自趕到，見面匆匆一談，四人便帶韋蛟一同起身往依還嶺飛去。到後一看，妖黨越來越多，更有好些由附近經過，意欲乘機取利，趕來助戰。

其時火旡害一時疏忽，吃雙凶兩條暗影一上一下圍在中間。只管「太陽真火」朝那暗影上下亂打，周身火星亂爆如雨，無如雙凶將兩條暗影化為一團暗紫色的光氣，上下包圍不肯放鬆。火旡害見暗影越迫越緊，把身子縮成一團，手足向外，由指尖上各射出二十道其亮如電的紅光，將那暗影四面抵住，不令往裡收縮。

那暗影已縮成兩丈方圓一團，越往後邪氣越濃。雙凶在一旁注定那兩條暗影合成的氣團不住揚手行法施為。看去真似一個紫色大氣球當中裹著一個周身火光亂爆、其形如猴的小紅人，頓成奇觀。英瓊平日對火无害最是看重，見他被困，雖未求救，面容已是慘厲，怒嘯不已，料知形勢危急，想要出援。英瓊正想飛出原身應敵，猛然瞥見一片佛光迎面飛來。

英瓊隨聽一少女口音說道：「李師叔，弟子林映雪現奉盧太仙婆之命來此應援！」心方一喜，又聽破空之聲。先是兩道金光自空直下，直飛妖陣之中。只一閃，便如神龍掉頭，略一掣動，立有三個妖邪被金光斬為兩段，來勢神速已極！跟著又是一青一白兩道劍光相繼飛降，也是一到便朝群邪衝去。當頭一個少女看去年約十一二歲，穿著一身冰綃霧縠，美絕天人，一手指定飛劍，一手五指上發出五股銀色光針，暴雨一般朝眾妖黨衝去。身後隨定一個道裝少年，所用法寶飛劍均非尋常。

眾妖黨不料強敵天降，幾個邪法稍差的當時傷亡，不由一陣大亂，各施邪法異寶迎上前去。英瓊見那來人正是本門四大弟子中的諸葛警我、岳雯，同了陸蓉波、楊鯉四人。最可喜是蓉波原是道家已煉成形的元嬰，因為紫雲三女邪法所汙不得飛升，初入本門時看去法力還是尋常，想不到南疆一別，進境如此神速，連楊鯉也今非昔比，忙即傳聲招呼。

林映雪一到，一面和英瓊說話，一面把帶來的樹葉靈符每人給了兩片，說是如見形勢危急，只將此符往外一揚，自生妙用。此乃盧太仙婆所賜，為數甚多，無須吝惜，眾人除英瓊外全都得到。來人卻未現形，看去彷佛一幢淡煙裹著一個少女影子。那靈符乃一種從未見過的樹葉所製，自往手上飛來。

英瓊看火旡害尚在苦撐，五官七竅均有真火射出，知其情急萬分，更不怠慢，忙用慧光電馳飛去。雙凶見那團慧光突然飛來，光中現出一個少女，正是前先獨誅落魂島三妖孽的李英瓊。看那形勢，分明把一件佛門至寶煉成元神化身，得有仙佛兩家上乘心法！尋常修道千百年的有道之士也未必到此境界！

慧光電射飛來，罩在雙凶元神所化氣球之上。內裡敵人立以全力發動真火內外夾攻。那慧光十分微妙，初飛來時只是快得出奇，略為一閃便將氣球包住，輕飄飄的，光甚柔和，別無別的感覺。雙凶先以為敵人功力不到，和昨日所見金剛手幻影一樣虛有其表。又因光中附有敵人元神，反想將計就計把敵人元神攝去！誰知受了對方佛法暗制，心神迷亂，就這先後兩個轉念之間，不知不覺受了重傷。直到有些警覺，妖徒殘魂已自消滅，本身心靈相合的元神也被慧光裹緊逐漸消滅，這一驚真非小可！忙運玄功全力收回，已自無及！

其時火旡害乘隙往外一衝，化為一溜火光，剛剛衝出圈外，雙凶立時乘機把殘餘的精氣就勢收回，急怒交加，同向英瓊進攻。重又運用三屍元神化成兩條暗影，連同本身一齊應敵。英瓊見雙凶又飛起一個化身，玄功變化邪法甚高，身外並有　片妖光防護，自己仗著「定珠」威力妙用應戰，固無敗理，想要除他仍是極難。

只見妖黨越來越多，邪法異寶滿空飛舞，凶威猛惡，聲勢驚人。為防有失，一面相持，一面招呼諸葛警我等幾個法力高的同門暗中留意，隨時接應。雙凶見敵人威力越大，多年苦功所煉三屍元神，為困火旡害已失去一個，元氣大傷。剩下一點殘餘邪氣，要重煉復原至少須費三甲子的苦功！同黨傷亡還在其次，最痛心是相隨多年的許多妖徒，全被敵人消滅，一個不留！

雙凶恨得咬牙切齒，連毛簫素來陰沉的人，也現出滿臉獰厲之容，和英瓊從容應敵大不相同。英男見英瓊獨戰雙凶，雖知英瓊有佛門「定珠」，當無敗理，總不放心，駕遁光飛來。這時正值章狸將三屍元神所化暗影向前猛撲過來，毛篇也全力同時發動。

英瓊纖手往外一彈，「兜率火」立即發出。同時又瞥見那兩條暗影對面撲到，英男全身已在籠罩之下，英瓊救人心切，惟恐一擊不中，竟將「兜率火」同時發了四朵出去！雙凶的三屍元神被「兜率火」打中，接連「波波波波」四聲，紫色星花高湧數百丈，無量數的紫色星花同時爆炸。

當時灑了一天花雨星光，兩條紫色暗影全數消滅，連殘煙也無一縷冒起！章狸見三屍元神已失其二，越發急怒攻心，怒喝一聲，正待拚命，英男已回身迎敵，南明離火劍突然暴長，化為百丈朱虹朝妖人反捲上去。

章狸看出那是達摩老祖當年誅魔至寶南明離火劍時，朱虹已電射飛到，繞向下半身，連兩條殘腿帶擁護身上的妖雲一齊斬斷，成了半截身子！驚悸亡魂中一聲怒吼，一面運用玄功飛身逃遁，一面施展邪法緊閉雙目，奮力一震。兩眉中間突然現出一隻紫黑色的怪眼，剛一睜開，便有億萬根三寸來長暴雨一般的毒針，瀑布也似電射而出！

雙凶所煉妖針乃耗數百年苦功，採取地肺中寒毒之氣苦煉而成。平日深藏腦海之中，看不出絲毫形跡，與心靈相合，發時黑光微閃，立即隱去，由此隨同雙凶心意暗中傷人，如影附形，陰毒險惡無與倫比。雙凶原意大量發出，當時能殺敵更好，否則便化為一片無形毒霧，籠罩全山，便不能把敵人一網打盡，也可殺死多半，報仇洩恨。

英男瞥見妖人倏地回身，前額上現一怪眼，突射出一股紫黑色妖針，同時「離合神圭」化為一幢墨綠色的寶光迎上前去，兩下恰好正對。章狸見少女手上發出一幢圭形寶光，妖針挨著便即消滅，心方一驚，猛覺元氣大耗，那墨綠色的寶光已飛射過來吸緊全身，不禁驚魂皆戰！同時霹靂連聲，雷火群飛，萬道毫光滿空激射，交織如網。

東西兩面各有一圈心形寶光升起空中，宛如日月雙輝，互相對照。當中更有三圈青、紅、黃三色奇光，晃眼暴長，全山由上到下千百丈空間全在籠罩之下！

（按：原著到此中斷，以下為倪匡續寫）

第四回

三屍元神 妖魂飛遁

「天心雙環」、「三才清寧圈」和「五雲離合神圭」一出，群邪慘嘯急呼聲中，紛紛敗亡。只見各式邪寶異光中裹著掙扎飛舞的邪魔，不是被「天心雙環」青紅兩色光芒吸走，便是挨著緩緩轉動的「三才清寧圈」所發萬道毫光，略一掙扎，便自化為一縷縷輕煙，飄散無蹤。

雙凶看出敵人有此三件異寶，已立於不敗之地，章狸臨急所射出的億萬毒針，早被英男「離合神圭」吸入，全數消滅。雙凶見勢不佳，毛簫最是陰沉機詐，雖與章狸多年狼狽為奸，但看出此際勢難再兼顧同黨，首先一聲厲嘯，身子向後微仰，自身上飛起兩條紫色的人影，一離原身，電也似疾，向空便射。

這兩條紫色人影，乃是毛簫數百年苦功所煉三屍元神之二，這時已拚出原身不用，只求元神可以漏網。三屍元神才一離身飛起，一直坐在形如風車之寶上的原身，突然連同座下異寶，倏地暴長數十百丈，一蓬紫色邪煙，同時冒起，繞著原身，旋轉驟急，同時發出一股極其尖厲的呼嘯之聲。

毛簫座下那件形如風車的異寶，來頭不小，原是旁門三大異寶之一，昔年八反教鎮教之寶，名叫「八反風火車」。毛簫得手之後，只和長眉真人鬥法，用過一次。被禁閉東海海底以來。更運用邪法，將海底千萬年積聚的污穢之氣煉成陰火，附在車上。「八反風火車」一經施為，旋轉之下，更能發出極強烈的罡風，法力稍差一點的道術之士，一被罡風捲入，風車旋轉八次，連經正反八門，立被吹化，如今又附有陰毒無比的陰火，自更厲害。

此際毛簫只顧自己逃命，在遁出三屍元神之際，連自己法身尚且不顧，如何還顧得及同來妖黨？有幾個法力稍高的妖黨，剛施展一身妖法，才得離開「天心雙環」的吸力，電也似急向毛簫投到，不是吃毛簫飛起的三屍元神迎面撲到，連聲也未出便自了賬，便是被「八反風火車」所發飆風捲入，慘嗥聲中，隨著罡風之中綠幽幽的陰光一發，便自惡貫滿盈，形神皆滅。

自「天心雙環」、「三才清寧圈」和「離合神圭」相繼出現之後，原在幻波池中留守的眾人，也一起飛出。此際峨嵋小一輩門人，聚集在幻波池的，計有李英瓊、余英男、嚴人英、周輕雲、癩姑、寒萼、司徒平夫婦、石生、金蟬、朱文、廉紅藥、陸蓉波、楊鯉、諸葛警我、萬珍以及元皓、方瑛等人，以及第三代弟子火旡害、錢萊、石完、韋蛟、竺氏三小、袁星。眾人大都在英瓊「定珠」慧光之下，看群邪紛紛消滅，小一輩門人齊皆鼓掌叫好。

當毛簫「八反風火車」發動，三屍元神尚餘兩個，化為兩條人影，疾逾閃電，沖天而起之際，英瓊一聲嬌叱，手指紫郢劍，化為一道紫虹，急起直追。毛簫一見紫虹，想起當年便是敗在長眉真人此劍之下，又驚又怒，如何還敢停留，加緊催動邪法，「八反風火車」迎上前去，擋得一擋，大蓬陰火才一噴出，便被紫虹過處，劈成兩半。

英瓊還待再追，耳聽癩姑傳聲急喝道：「瓊妹小心！」話還未完，陡聽得驚天動地一聲巨震，已被紫郢劍劈成兩半的「八反風火車」陡然爆炸開來，只見數千百團，大小不一，綠陰陰映得人鬚眉皆碧的陰火，突然四下迸射。每一團陰火一經迸射出來，又「轟轟」連聲，相繼爆散，片刻之間，滿空皆是陰火飛舞，連天地皆成碧色。碧光之中，「天心雙環」、「三才清寧圈」和「離合神圭」的寶光，也為之減色，只有紫郢劍所化紫虹，光芒不減。

英瓊一見陰火爆散，畢竟年來功力大進，見識增多，知道雙凶所煉陰火，別樹一幟，比九烈神君陰雷不遑多讓，且均由心運用。

最厲害是這類陰火，本是採地底千萬年積聚的陰煞之氣煉成。地肺深處，這類亙古以來便積聚的陰煞之氣，充滿在三萬六千個氣泡之中。雙凶拚生巨劫，運用邪法，氣機牽引，欲將地底的陰火引發，穿地而上，地殼翻騰，宇宙重歸混沌，立成亙古以來最巨大的災禍！

英瓊當時見此情景，也顧不得再去追毛簫電射而逃的三屍元神，剛隨著心念所動，「定珠」慧光突然出現，想將紛紛爆炸四下飛射的陰光罩住，再設法加以消滅時，忽聽得一個少女口音叫道：「李師伯，弟子林映雪，已得盧太仙婆指示，破此陰火！」

隨著語聲，只見一團火煙，中間裹著一個少女身形，突然自空飛降。英瓊已知道林映雪是仙都二女新收高足，法力定必高強，並還有大荒二老之一，得道千年的盧嫗在暗中主持，定可無礙。但看到滿空陰火，如雷爆炸，一干還未消滅的妖人，挨著便自消滅，自己看了也自心驚，也不禁代她心驚。

林映雪才一現身，只見一層五色彩雲，倏地自地升起，自下而上反捲上來，英瓊剛看出那是一直籠罩依還嶺的「太乙五煙羅」，心知「太乙五煙羅」雖然奇妙無方，但對這類猛烈已極的漫天陰火，至多也只能包得一時，時間一長，定被陰火燒穿，白損失一件至寶！心正疑惑，「太乙五煙羅」來勢極快，自下而上一兜，便已往裡縮小，晃眼之間，由數十畝大小，往內聚縮，變成畝許方圓，將千萬團紛紛爆裂的陰火，一起兜在網內。

陰火一被「太乙五煙羅」兜住，便在網中紛紛爆炸不已，盛怒難宣，所發出的聲音，更是洪厲無匹，震人心悸。只見淡煙之中的少女手上，突然發出一股簪形烏光，那烏光看來毫不起眼，出手也不過三尺來長短，停空不動，只自一端之上，射出一股銀光，宛若天虹倒懸，直射進「太乙五煙羅」之中。

說也奇怪，那股總共才只丈許粗細的銀光，一射入「太乙五煙羅」之中，那麼猛烈的爆炸，雖在「太乙五煙羅」包圍之中，那震得地動山搖的陰火，挨著便即消滅，化為一縷縷黑煙，仍在羅網之內。

英瓊素知盧嫗的「吸星神簪」，乃與她生命相連的至寶，本是前古一顆隕星製成，星球在未成形之前，本是太火毒煙，燒燃不已，「吸星神簪」正是這類煞火的剋星，陰火看來已不足為慮。

「吸星神簪」銀光，轉眼之間已將包在「太乙五煙羅」之中的陰火全數消滅。陰火所化濃煙在「太乙五煙羅」漸漸收小之下，幾乎變成實質，仍有十丈方圓一團。只見林映雪在淡煙之中一揚手，收了「吸星神簪」，再向英瓊及眾人躬身為禮，道：「弟子要將陰火所化毒煙，遵盧太仙婆之命，送往兩天交界處消滅，以免遺禍，未能向眾位師長一一禮見，敬請恕罪！」話未說完，人已飛起，伸手一招，「太乙五煙羅」連同所包陰火毒煙一起上升，直上半空，晃眼之間，便自無蹤。眾人雖知盧嫗在暗中主持，但林映雪法力之高，也令眾人讚嘆不已。

盞茶功夫，陰火毒煙全數消滅，英瓊飛向眾人。這時群邪已消滅殆盡，金蟬、朱文、錢萊三小，已將「大心雙環」和「三才清寧圈」收起，只有英男還指定「離合神圭」，正在加緊施為。只見兩股黑綠色光華，牢牢吸定一條濃紫色的人影，正是章狸三屍元神中的主魂，全身紫煙亂迸，慘嘯不已，還在掙扎。

「離合神圭」陰圭、陽圭正在緩緩合攏，墨綠色光芒也自加強。眼看雙圭合璧，妖人便要伏誅，大功告成，俱告欣喜不已，英瓊道：「可惜一時措手不及，讓毛篇的三屍元神逃走了兩個。」

癩姑笑道：「瓊妹不必擔心，這樣窮凶極惡的妖邪，二次出世，豈容他肆虐，定必惡貫滿盈無疑！」話還未了，陡然聽得一聲厲嘯，起自天際，自遠而近，急速傳來，快速絕倫。那厲嘯聲才一入耳，便和被困在「離合神圭」之中的章狸殘魂慘嗥之聲互相呼應。眾人忙抬頭看時，只見天際憑空湧現大批巨木影子，在一片青霞簇擁之下，帶著轟轟發發之聲，向前飛來。

在青霞之前，是一朵其大無比的金花，發射出萬道金光，耀目生花。金花大約畝許，由花瓣尖處射出的金光，更是強烈，射向上空之後，反而折射下來，成為一個巨大無比的金色光籠，光籠之中，正有兩條紫色人影，一面發出嘯聲，一面正在往來衝突，想要突圍而出。眾人一見正是剛才逃走的毛簫三屍元神之二，不禁大喜。

在金花之後，只見兩女一男，一起用「乙木遁光」簇擁而來，眾人一見就認出手指金花施為的一個少女，美絕天人，正是上官紅，另一個則是易靜三生情侶陳岩。另有一個白衣少女，身形和陳岩差不多高矮，美如天仙，隔老遠便向眾人微笑點頭，晃眼已然飛近。

只見癩姑、英瓊雙雙一聲歡嘯，縱遁光迎上前去，各執少女一手，眾人這才陡然看清，那貌若天人的白衣少女不是別人，正是與鳩盤婆鬥法獲勝的「女神嬰」易靜，已然借助金銀島取來的靈藥和靈嶠宮中的藍田玉實恢復了前生容貌。

易靜、陳岩相繼降落，上官紅已收起了「乙木遁光」，仍是手掐法訣，目注金花，眾人看被困在金花之中的毛簫，本來一直在往來衝突，自眾人來到依還嶺上之後，兩條濃紫色人影，縮成了一團，外面裹著一層極厚的濃煙，邪法也自非同小可，儘管萬千光芒，射向前去，紫煙迸射如雨，看來急切間並不能將之消滅。

易靜劫後重歸，又恢復了前生容貌，眾同門都好生代她歡喜，有的未知易靜和鳩盤婆鬥法經過的，更是問長問短，易靜略為作答，指著金花中被困的妖魂，道：「妖孽邪法甚高，雖被紅兒天府金花困住，但紅兒功力不能發揮天府金花的功效，要令他形神皆滅，並非易事。我來時曾接到家父飛劍傳書，書中曾提及東海雙凶之事，英男妹子的『離合神圭』是他剋星，可將毛臏一併困住，運用玄功，花三日三夜功夫將之煉化！」

易靜說著，又向上官紅叮囑了幾句，英男也早已過來，為恐妖魂趁機逃遁，眾人都紛紛駕遁光飛起，在半空之中，各放飛劍法寶。一時之間，寶光燭天，耀眼生花，交織成一片光網。上官紅等眾人準備停當，一聲清叱，將手一揚，金花花瓣尖上射出金芒，緩緩回收。金芒才一回收，只見本已縮成兩團的妖魂，陡地一聲厲嘯，其疾如電，化為兩股梭形光芒，已自金芒的空隙之中疾射而出，一股向南，一股向北，去勢快絕！

眾人早有準備，如何容得妖魂逃走。朱文「天遁鏡」首先射出百十丈金光，直射一股妖魂，妖魂和「天遁鏡」光芒一接觸，慘嗥一聲，立時回頭。那一面，癩姑的「屠龍刀」化為一彎新月，金碧交射的光芒電掣而出，將迎面而來的妖雲一斬為二。

妖魂被斬之後，慘嘯聲中，雖又立時合而為一，但勢子已慢了許多。同時，英男也已發動，只見停空而立的「五雲神圭」陡然暴漲，一個形如穿山甲的綠影飛起，十八股黑綠色的光華，暴射而出，指向兩個妖魂，妖魂雖然不斷掙扎慘嘯，但在「離合神圭」的無比吸力之下，翻翻滾滾，往神圭之中投去。

兩個妖魂晃眼便和章狸一樣，被困入神圭之內。眾人見雙凶一起被困，而且在陰圭、陽圭之中縮成一團，已連妖魂的形態也看不清，只見濃紫色的妖霧，冒之不已，護住全身，料知伏誅在即，便不再放在心上。

當下除英男要發揮「離合神圭」威力，火旡害自願在山上陪同師父之外，餘人皆在易靜、英瓊、癩姑陪同之下，進入幻波池內。

幻波池中，水宮寶藏即將出世，眾人一到池內，易靜鎮守總壇，分派職司，各有專責，靜候聖姑在幻波池中最後一批藏珍連同「毒龍丸」出世。不提。

卻說余英男在依還嶺上，由火旡害相伴，專心運用玄功，發揮神圭威力，一日夜過去，眼看被困在神圭中的妖魂所冒出來的濃煙越來越淡。先一日中，厲嘯之聲不絕，此際也變得軟弱無力，彷彿是在嗚咽求饒神氣，看情形快要形神皆滅。

這一日夜之中，火旡害一直陪伴在英男身側，一雙火眼金睛注定神圭中的妖魂。妖魂眼看消滅，火旡害的神情卻絲毫不懈。英男無意中望他一眼，說道：「照易師姊所說，還有兩日夜，妖人便形神皆滅，幻波池中定然十分熱鬧，你可以不必在此陪我！」

火旡害恭敬答道：「照弟子看，雙凶伎倆未窮，只怕還有邪法留著未使，弟子還是在這裡留守較好！」一言未畢，忽聽身後有人罵道：「你這紅臉猴頭，敢小覷你師父『離合五雲神圭』的威力麼？」

火旡害回頭一看，正是癩姑在他身後，忙躬身道：「癩師伯，『離合神圭』前古奇珍，但師父到手不久，其中妙用難以全力發揮，雙凶邪法極高，不可疏忽！」

癲姑笑道：「你也曾被困在神圭之中，可逃得脫麼？」

火旡害笑道：「想要全身而退，自然不能，但雙凶三屍元神，若是拚著葬送一個——」

才講到此處，英男陡地連聲呼喝起來，只見神圭之中被困的雙凶妖魂，就在此際陡然暴漲，「離合神圭」陽圭和陰圭本來停空而立，相隔只有丈許，二圭之中，滿是黑綠色的光氣，妖魂這一暴漲，竟然將雙圭撐開了幾尺！只見一條濃紫色的人影，雙手雙腳上射出一股紫煙，勉力向外撐拒，另外兩股紫煙，細才如指，已帶起極勁疾的破空之聲，刺空飛去。

這變故來得突兀之極，癲姑一見雙凶妖魂竟然逃走，也不及和火旡害、英男多說，立時「屠龍刀」出手，人也接著飛起，向前追去，雙方勢子盡皆快絕，眨眼間沒入青冥不見。火旡害揚手一蓬「太陽神火」，打入「離合神圭」之中，英男再一加緊施為，圭中毛簫一個三屍元神立時發出慘叫之聲，化為濃煙而滅。

火旡害和英男消滅了毛簫一個三屍元神之後，正要追去，忽見金蟬、朱文雙雙由洞中飛出，一出就向癩姑追出的方向急飛。英男聽得金蟬傳聲急告，道：「火賢侄不可妄動，英男師妹快來！」

英男立縱遁光，破空飛起，急切之間，連「離合神圭」也不及收起，兩根百十丈高下圭形墨綠色光柱，帶著轟轟發發破空之聲，排空急駛而來，聲勢猛惡之極。晃眼追上金、朱二人，三人遁光會合一起，去勢更快，轉眼間飛出數百里，只見前面，兩股又細又疾的紫光在前，「屠龍刀」金碧光芒在後，如流星飛渡，直射天際。

英男和金、朱二人會合之後，因自己疏忽，致被雙凶妖魂逃逸，好生內疚。

金蟬一面加急催動遁光，一面道：「我們皆未料到，雙凶三屍元神，若是拚出葬送其一，威力至大，以致被他逃走，英男師妹不必內疚，好歹要追他回來！」

第五回 四九重劫 三仙攜手

三人各運玄功，遁光去勢更急，只見前面癩姑也越追越近，「屠龍刀」寶光陡地加強，前逃妖魂之中，陡地有大蓬陰火向後迸射，被「屠龍刀」光芒一掃便即消滅。金蟬、朱文互望一眼，「天心雙環」一起出手，陡聽得一聲厲嘯，兩股紫煙，本來是並肩向前疾駛，倏地分開，一股向西，一股向北，去勢更快。

金蟬等三人立時追向西逸逃的那股，癩姑指定「屠龍刀」，向北追去，各以傳聲交談了幾句，惟恐妖魂逃脫，都是全力以赴。癩姑還想多說幾句時，回頭一看，金蟬、朱文、英男三人已然不見，只見余英男南明離火劍的紅光，在遙遠天際，一閃即滅。癩姑施全力向前追趕，前面那股妖魂，正是毛簫三屍元神僅餘的一個。本來毛簫人最自私，看出情勢不妙，不再顧及同黨，獨自逃遁，偏巧半途遇上易靜、陳岩、上官紅。易靜一見妖魂，便是一粒「牟尼散光丸」，雖未將妖魂震散，也自損耗元氣不少，致被上官紅天府金花困住。

及至雙凶齊被困入「離合神圭」之內，毛簫本還不肯捨卻另一個元神，只苦苦支撐，以待轉機，章狸屢次要毛簫施為不果，二人已經起了內訌。

恰在此際，火旡害無意之中道出雙凶可以將本身元神化為邪法逃走，毛簫一聽敵人如此說法，再不發動，等敵人有了防備，連此唯一的逃生之機，也自錯過，那是只怕真要形神皆滅了。是以才立即發動，果然仗著數百年苦煉的邪法，將「五雲離合神圭」撐開一絲空隙，雖然又葬送了一個三屍元神，和章狸的主魂一起，得以逃脫。

雙凶主魂本來還有一身邪法神通，但驚弓之鳥，漏網之魚，如何還敢再肆虐逞凶，一得脫困，立時亡命逃走。毛簫向後一看，自己這邊只有癩姑一人追來，心中不禁暗喜，雖知「屠龍刀」非同小可，也已準備拚上一下，好歹也傷得對方一人，出這口惡氣。

癩姑急催寶光追趕，向下一看，下面大片沙漠，已然飛到青海柴達木盆地上空，前面紫煙還在急射，去勢一點未減，照這樣追法，妖魂極可能遁走！心中一急，運用玄功，向「屠龍刀」一指，刀光立時大盛，而毛簫妖法也準備停當，雙方恰是同時發動。

只見「屠龍刀」寶光大盛之後，去勢若電，前面化為一溜紫煙的妖魂，陡然一停，立時變成一個巨大無比的紫色人影，勢子比剛才逃遁時還要快疾，陡地反撲過來，癩姑「屠龍刀」去勢本已快絕，萬料不到妖魂會在寶光大盛之際反撲過來。「屠龍刀」專戮妖邪。毛簫不會不知，此舉實是意外之極。雙方勢子均如此之快，幾乎同時發動，只見妖魂一盛，刀光便已迎了上去，刀光立時透體而過，這紫色的人影發出一下尖厲的嘯聲，連滾兩滾，在刀光透過之際，分明已經散裂，但接連兩滾之後，立時恢復人形，來勢只有更猛。

癩姑初擬「屠龍刀」威力一增，妖魂必然加急竄逃，是以運用玄功，使寶刀直射向前，雖然一刀透過，但妖魂仍迎面撲來，癩姑與

「屠龍刀」本已心意相通，寶光立時反折，倒捲回來。可是比起妖魂來勢，還是慢了片刻。剎那之間，只見滿眼紫煙，妖魂已然撲到，同時，自紫煙之中冒起億萬根黑色妖針，細如牛毛，才一出現，有的便已化為絲絲縷縷勁射的黑煙，疾包圍了上來。

尚幸近年來癲姑功力精進，「屠龍刀」寶光反捲回來，未及護身，全身佛光迸現，將身護住。然而在護身佛光之外，已是昏天黑地，耳聞億萬妖針爆裂之聲，密如天鼓，身外護身佛光竟大受排蕩。這才知道，妖魂拚受一刀之厄，施展邪法神通，是要報仇雪恨！

此際癲姑處境極其危險，若非功力深厚，毛籠所發那億萬妖針，只要一絲上身，立時骨消身熔，饒是如此，癲姑也覺心神大震，急切間想要收回「屠龍刀」來，那與心靈相合的「屠龍刀」，竟似失了主宰，這一驚實是非同小可。而身外護身佛光之外，妖針所化毒煙，幾乎已成了實質，緊壓之力，重如山嶽！

癲姑正在拚命支撐，已準備作那萬一打算，就在這個間不容髮之際，只聽得半空之中，響起暴雷也似一聲大喝，緊跟著，眼前金光一閃，只見五股金光，穿破妖煙邪霧，自天而降，交叉搭住自己護身佛光，身上一緊，竟被那五股金光硬生生自億萬妖針所化黑煙之中，直提了起來。

癩姑知道來了救星，百忙之中，定睛一看，只見半空之中，懸空停著一個身形高大，紅臉駝背老人，鬚髮蝟張，神態威猛之極，凌虛而立，右手箕張，自指尖發出五股金光，正是巫山神羊峰大方真人「神駝」乙休！

癩姑驚魂甫定，素知此老法力之高，不可思議，他既趕到，當可無礙，忙向空中跪拜。乙休喝道：「還不快收你的『屠龍刀』！」

癩姑轉頭一看，心中又驚又喜，只見前面還有一個中年白髮美婦，手持一隻七色寶光迸射的寶瓶，自寶瓶之中，射出一股其亮如電，血也似紅，帶著轟轟發發之聲，聲勢威猛之極的「雷澤神沙」，已將妖魂裹住，自己的「屠龍刀」因失了主宰，正在空中浮沉。癩姑忙將手一招，「屠龍刀」立時飛了回來。

癩姑認出那中年白髮美婦，正是「白髮龍女」崔五姑，又在空中禮拜。妖魂已被「七寶紫晶瓶」的「雷澤神沙」裹住，看來雖似一條人影，但行動呆滯。不知何故，五姑仍是神色緊張，對癩姑只是略為點頭為禮。

其時，乙休指上五股金光已然收去，癩姑飛到乙休身前，重又下拜。乙休怪眼一瞪，道：「你好大的膽子，膽敢單身追此妖孽，我們若是來遲半步，你還有命麼？」

癩姑素知這幾位長輩，最喜扶掖後進，生性爽直，聞言吐了吐舌頭，道：「兩位前輩一來，妖孽定當伏誅了！」

乙休道：「你別將此事看得太容易了！」

就這幾句話功夫，只見被裹在「雷澤神沙」中的毛簫妖魂，陡然連聲厲嘯，全身紫光亂迸，激得「雷澤神沙」的轟發之聲更是洪厲無匹。妖魂在連掙了幾掙之下，上半身竟被掙出「雷澤神沙」之外。癩姑看到這等情景，才知妖人邪法果是非同小可，想起剛才險境，由不得捏一把汗！

毛簫妖魂上半身一掙出「雷澤神沙」之外，立時暴漲，看起來神態獰惡之極，雙臂暴長百十丈長短，向五姑當頭抓去，也就在此際，只聽半空中另一聲大叱，罵道：「妖孽惡貫滿盈，還想賣弄？」隨著呼叱之聲，「怪叫化」凌渾突在半空現身，自他手中飛起一團紫氣、九朵金花，那九朵花才一出現，便向毛簫妖魂當頭壓下！

毛簫妖魂本已有一半掙出「雷澤神沙」之外，「九天元陽尺」一現，妖魂似自知無倖，厲吼聲中，又是大蓬妖針射出，挨著金花，便自消滅。「九天元陽尺」那一團紫氣再向下一壓，將妖魂整個包沒，重又被「雷澤神沙」吸了進去，只見亮紅若晶的「雷澤神沙」之中，妖魂還在厲嘯掙扎，但看來已越來越淡，五姑手掐法訣，「雷澤神沙」回收，吸回「七寶紫晶瓶」之中，妖魂至此，也自消滅！

五姑收了「七寶紫晶瓶」，和凌渾分別飛來，癩姑忙向前拜見，五姑道：「方今群邪猖獗，有一些隱藏多年不曾出山的窮凶極惡之輩，也都蠢蠢欲動，這些妖孽，大都法力極高，如軒轅老怪、苗疆哈哈老祖、西崑崙星宿神魔、『妖屍』谷辰、雪山老魅等等。你們休看自己有幾件奇珍異寶，便自輕敵，可記得連紫郢劍也曾被紅髮老祖奪走過？」

癩姑唯唯以應，想起金蟬、朱文、英男三人追趕章狸，不知曾否遇險，好生焦急，忙向三人請示。

乙休道：「金蟬朱文有『天心雙環』，諒可無礙，倒是你說章狸向西逃去，莫非另有目的？」

五姑和凌渾沉吟不語，就在此際，突然一陣極其勁疾的破空之聲，自遠而近傳來，一道遁光自空而降，一個身形高大的道童，一落下便向乙、凌、五姑行禮，神情惶急。

眾人一看便認出道童是藏靈子傳人熊血兒，見他滿面惶恐之狀，凌渾首道：「這裡是柴達木盆地，正是你師父的地頭，莫非有什麼人來找矮子麻煩麼？」

熊血兒向三人恭敬行禮，道：「三位前輩，念在本門一脈，若能出手相助家師，弟子甘為牛馬報答！」

乙休一罷手道：「你師父身為一教之主，向不求人，更不肯隨便向人低頭，你別壞了你師父規矩才好！」

血兒神情苦澀，道：「家師在今年年初，便設下法壇，推究道家四九重劫一事——」

血兒講到這裡，乙、凌、五姑三人也不禁肅然。道家四九重劫，每隔四千三百年一次，凡修道人，皆不能免！能避過四九重劫，便是不死之身，是修道人最要緊的關頭，藏靈子法力高強，自從師文恭結交匪朋，命喪綠袍老祖手下之後，對門下弟子管束更嚴，若非事情緊急，血兒斷不會不顧師門顏面，出言懇求、然則莫非已經算出四九理劫的前因後果了麼？要知乙、凌諸人，修道年分相若，四九重劫要來，也相隔不遠，自然關心、凌渾首先道：「可是矮子算出了什麼？」

血兒道：「師父入壇之後，一直未出，弟子也不知吉凶如何。三日之前，師父忽然放出九十九口『天辛劍』，護住法壇 又命弟子行法，將兩道聖泉的源頭截住。到昨日，忽又傳聲，命弟子去請幾位師門友好，但指名相邀的幾位，全都不在，再幸得遇三位前輩，料來事非尋常，是以大膽懇請三位前往一晤！」

乙休濃眉微揚，先向癩姑招一招手，癩姑忙趨前聽命。

乙休道：「你即回幻波池去，看金蟬他們，若還無音訊，必然有事，可暫將幻波池中事放下，法力不濟的，在洞中留守，揀法力高強的循途去追尋。章狸西逃路程，正是向西崑崙而去，東海雙凶以前和魔教頗有淵源，事急去投星宿神魔，也非不可能的，千萬小心！」

癩姑聽得暗自心驚，還想再請問詳情時，乙休袍袖一展，滿地紅光，已和凌渾、五姑、血兒一起不見。癩姑向空遙拜，立駕遁光返回幻波池去，暫且不提。

卻說乙休展開霹靂遁法，和凌渾、五姑、血兒三人，趕向前去，眨眼即到，遙見下面空地之上，結著一座極大的法壇。法壇四周，全被極其濃密的黃雲籠罩，只隱隱可見法壇四周旛旗等法物，黃雲之中時見劍光閃耀，穿梭也似上下飛動，知是藏靈子採西方金精煉成的九十九口「天辛劍」。

乙、凌、五姑三人一到，便向法壇中射去，將到近前，籠罩法壇的黃雲，陡地向外暴漲，乙休大喝道：「藏矮子，若有急難，不必死要面子，難道還想拒客麼？」

乙休喝聲甫畢，黃雲驟收，眼前現出一條雲弄，乙休等三人飛身進去。雲弄兩旁，黃雲翻滾，隱隱覺出有極大的阻力。乙、凌、五姑三人均看出，籠罩整座法壇的黃雲，雖是一件出土異寶，但若不是靈子的元神附在其上，斷然不會有這樣大的威力，可[illegible]小可。

三人走進法壇，只見全壇約有畝許方圓，四角各有三面巨旛，黃雲便自十二面巨旛之上突突冒起，另加九十九口「天辛劍」，在黃雲之中穿梭來往。法壇正中是一個八角形的石臺，臺上罩著一團其色深濃的紅光，三人一眼便看出那是藏靈子的至寶「紅欲袋」所化。

藏靈子在臺上，披髮仗劍，箭步而行，不住揚手在施法訣，神情緊張，見了三人，略一點頭。三人全是行家，一見這等情形，知道若是有大敵來犯，以藏靈子的法力修為而論，必不至於如此全副家當都施展出來，分明是為了防禦天劫，才如此緊張。乙休人最熱腸，一見面，袍袖一展，便自袖中飛起一團輕煙，那輕煙才出時，還可見極淡的五色雲光，略微一閃，接著便散佈開來，淡得幾乎不是目光所能辨認，轉眼之間，便緊貼在厚厚的黃雲之下。藏靈子一見，立時面露喜容。

凌渾平日雖然突梯滑稽，口沒遮攔，但見了這等情形，卻也是滿面嚴肅，道：「藏矮子，我『九天元陽尺』恰在身邊，你要用，只管開口！」藏靈子面容更喜，手中劍突然向臺北一指，一聲呼喝，隨著劍尖指處，臺北地面，陡地陷下一個尺許方圓的洞，隨聽得洞內水聲潺潺，轉眼之間，一股清泉便自洞中冒起。

那股清泉，冒起不過三尺高下，粗也不過半尺，便自不再冒高，藏靈子依法施為，連指八指，共是八股清泉，圍在石臺周圍。那八股清泉看來雖然不高，水勢也不是太急，但是細一注視，只見水氣氤氳，氣勢磅礡，一層又一層水花，竟然看不到泉中心。三人均知那是柴達木盆地三道聖泉所化。那三道聖泉，藏靈子看得極重，除峨嵋開府時，以極大神通汲了一道贈以峨嵋之外，一直以法力護住源頭，此時想是以法力將之引來，以備應用。

等八股清泉相繼冒起之後，藏靈子才鬆了一口氣，步下臺來，向三人禮見。凌渾見藏靈子離開石臺，「紅欲袋」所化的那一片紅光仍然不離頭頂，心下也不禁駭然，道：「矮子，可是算出四九重劫即將降臨麼？」

藏靈子苦笑一下，道：「照我推算，就應在今日午時！」

乙、凌、五姑三人均吃一驚，此際，整座法壇在黃雲籠罩之下，不見天色，但他們來時，天已近午，照藏靈子所說，簡直危機就在瞬剎了！

藏靈子說著，抬頭向上一看，道：「乙兄適才所發，可是韓仙子的異寶，『天羅神沙』？」

乙休笑道：「矮子眼光倒不錯——」語還未了，陡地聽得黃雲之上，四面八方，皆起了一股異聲。

那異聲聽來並不洪厲，和著石臺附近八股清泉所發出的泉聲，聽來還頗有清風霽月，山頂松濤的意味。但藏靈子一聽，臉上便自變色，也未見他身形如何行動，便已到了臺上，急叫道：「三位遠來，感激莫名，天劫將臨，請三位出壇，若所準備的不能禦劫，敢請凌兄以『九天元陽尺』相助！」

藏靈子一面急叫，一面已有點手忙腳亂，乙、凌、五姑三人也知道事情緊急，各自飛身向上遁去，黃雲一閃，三人已遁出了黃雲之外。只見籠罩法壇的黃雲，蓮蓬勃勃的向上升起，已暴漲了三倍有餘。萬里晴空，天際似有一種風聲，緩緩移來，來勢並不甚快。

三人向太陽望去，只見烈日當空，並無異狀。三人素知這類重劫，不是身受者，一點也覺不出威力，但對身受者，卻是修道以來最重要的關頭。這時旁觀者若無其事，說不定大魔已自暗中來襲，眼看黃雲不再翻滾，只是凝聚不動，而且還發出一種極強烈的光芒，轉眼之間，簡直成了一塊廣披數畝的黃色晶玉。

風聲響了一會，並無異狀，乙、凌、五姑三人法力何等之高，但法力再高，對這類天劫也自推算不出，而且天劫之來，每人身受盡皆不同，除了在事前儘量準備之外，別無他法。這時三人見籠罩法壇上的黃雲，光芒越來越是精純，顯見藏靈子法力甚高，心中正在代他欣慰，陡然之間，一聲霹靂，一團雷火當空打下！

那團雷火之來，事前毫無跡象，簡直是突如其來，一震之威，天地皆動，連三人那等法力，尚且不免一怔，只見雷火打到黃雲之上，黃雲陡地向上迎去，看來那麼寶光精亮的黃雲，竟是挨著雷火便自消散。自第一下天雷下擊開始，一雷接著一雷，轉眼之間，便是七響。七團雷火過處，黃雲已經消滅了一大半，雖然還籠罩著法壇，但已稀薄了許多，三人運用慧目法眼望去，已可見法壇之中的情形。

只見藏靈子趺坐在石臺之上，九十九口「天辛劍」已收回來護住全身，一手向上指，一手指著一股聖泉。在天辛劍的劍光之外，是「紅欲袋」所化紅光，防護極其周密。乙休所發的「天羅神沙」，寶光依舊淡得非目力所能辨認，仍緊托在黃雲之下。

七聲雷響過後，天際風聲已漸洪厲，聽來轟轟發發，但在法壇之外的三人，卻是毫無感覺。

五姑低聲道：「四九重劫，共分七次，七七四十九下天雷之劫，如今不只是第一次，照這樣情形看來，我們若不出手相助，藏靈子難逃此劫！」乙、凌兩人點頭不已。五姑一語方畢，又是一團雷火冉冉降落。

第一次天雷之來，迅雷不及掩耳。而這一次，眼看雷火自天而降，像是冉冉飛落，但是來勢快絕，從才入眼一點火紅，轉眼之間，已有丈許方圓一團，其色霓紅，光芒萬道，不可逼視，停在百十丈高空，旋轉起來，越轉越急，一面急轉，一面變色，由火也似的紅色漸漸變淺，顏色越淺，光芒越強。隨著急轉，發出轟轟發發之聲，轉眼之間，已成了一團亮白色，耀眼生花，連三人都無法逼視，只是隱約可見其中，現出了七個小黑點，正在迅速擴大。也就在此際，只見石臺之上，藏靈子手指連彈，三點綠熒熒豆大的光芒，穿過黃雲，向空急速上升，射向那一大團雷火之中。

乙、凌、五姑看出那三粒是九烈神君所煉「陰雷」，是峨嵋開府之際，藏靈子向峨嵋門下弟子向芳淑要來。這類「陰雷」，雖是邪法所煉，但煉時採集天地間的罡煞之氣，和天雷威力固然不能比擬，但來源則一，以雷制雷，在天雷威力尚未完全形成之際，先將之發出，以便抵禦。

凌渾一見三粒「陰雷」射出，立時揚起一片金光，將三人一起護住。眼看三粒「陰雷」投入大團雷火之中，才一投入，無聲無息，三人略一驚愕間，只聽得震天價一聲巨響，起自空中，緊跟著，密如連珠七下悶響，空中那一大團雷火，立時化為萬千條火蛇，四下亂竄，最遠的射出百十里之外，有的落在近處，一落地便自爆炸，轟隆之聲，不絕於耳。有的落在黃雲之上，炸了開來，將黃雲炸散，四下流竄，更是蔚為奇觀。

其中有兩團較大的雷火，落在法壇角上，竟自黃雲之中穿入，饒是黃雲之下，還有白犀潭鎮潭之寶「天羅神沙」，也自震得黃雲亂飛，壇角的巨旛，也被震斷了兩面，威力之大，真是不可思議！凌渾一見這等情形，不等第三次天雷出現，手一揚，一團紫氣，九朵金花，已然飛起。金花紫氣一出手，貼著地面，向前急駛一轉。

地面之上被雷火擊中之處，有的本來形成不知多深的地洞，洞底有異樣的洪厲之聲傳來，經金花紫氣馳過，立時聲音平靜下來。

只聽得藏靈子聲音微顫，道：「凌道友『九天元陽尺』，暫不忙於使用，天雷之劫，共是七次，每次七雷，這還不過是第二次，自信五次之前，足可防禦，因為威力一次比一次強大，第六、第七兩次，就難說得很了！」

凌渾答道：「矮子放心，我們必以全力相助！」

藏靈子聲音苦澀，道：「四九重劫，天威不可測，全按修道人修道以來作為而定，他人相助，是否有用，還很難說，到時只真正無法抵禦，盼乙道兄用銅椰島所得天癡上人的神木劍，賜以兵解，得保元神，已是萬幸了！」

三人聽得藏靈子如此說法，也不免有兔死狐悲之感。

乙休喝道：「真要不行，再說不遲！」

藏靈子雖在說話，但人一直趺坐在石臺之上不動，本來已經極其稀薄的黃雲，又漸漸凝聚起來。三人抬頭向天看去，依然晴空萬里，第三次雷劫尚未到來，反倒是西北方，一點青光電射而來，晃眼臨近，三人剛看出是有人急駛而來，一時之間分不出家數，青光已來到離法臺只有三五里處，陡地在半空中一頓，一頓之間，自青光中射出大蓬細如牛芒的青色光針，射向地面。

凌渾一見，便道：「司太虛來了！這人倒也義氣！」話還未了，只見青針下射之處，蒲地一聲，冒起一股黑煙。

那股黑煙又急又直，雖然隔得不遠，黑煙一冒起，連地皮都為之震動。凌渾、五姑齊聲呼叱間，突然一聲霹靂，紅光迸現，乙休已在黑煙之旁現身，也不知他是什麼時候趕去的。

乙休才一現身，滿面怒容，周身紅光亂迸，雙手箕張，由十指指尖，各射出一股金光，直射地面，喝一聲：「起！」手臂向上一振，竟將畝許方圓一塊地面整個向上揭起，沙石亂飛之中，只聽得桀桀怪笑，一條極其長大的魔影，沖天而起，直向乙休撲去！魔影的十指指尖，發出大蓬黑針，一時之間，妖霧邪煙，漫天蓋地而來，青光已斂，現出一個麻冠道人，正是司太虛。

那長大的魔影一現，凌渾就看出那是「妖屍」谷辰，看情勢潛伏多年，妖法又比前厲害許多，明知「神駝」乙休在此，也敢前來生事，還敢正面相撲！

眼看谷辰撲向乙休，十指之上，黑煞妖氣勁射，乙休伸指連彈，每一彈，便有一團紅光飛出，十下迅雷過處，只聽谷辰一下怪嘯，陡地化為一溜黑煙，向空便射。去勢快絕，厲嘯聲兀自搖曳，已然蹤影不見，那被乙休彈出的純陽之火將黑煞妖煙衝得四下飛散，兀自在半空中飄浮不已，被司太虛揚起一股青光，將之全數包沒，漸漸縮小，只聽青光之中，尖利的擠軋之聲響之不已，轉眼之間，黑煙由濃變淡，消滅無蹤，司太虛和乙休也自飛落。

乙休一出手便將妖屍逐走，仍有餘怒，道：「我們可得小心，只怕還有別的妖孽要前來趁火打劫！」

司太虛一到，便要向法壇上闖去，被凌渾一把拉住，道：「牛鼻子你急什麼？你為朋友急難而來，也不能這樣冒失，藏矮子若不能抵禦大劫，你硬往法壇闖去，有什麼用？」

一番話說得司太虛臉上發紅，道：「化子樣樣都好，就是口沒遮攔！」

凌渾怪眼一翻，道：「你愛聽花言巧語，到別處去！」

司太虛知道越說只有話越難聽，索性不再理會，轉頭向乙休道：「上月在東海訪友，無意之中聽一位散仙說起，他有兩個弟子，無端遭難，疑是血神妖孽下的毒手。這妖孽峨嵋落敗之後，一直沒有信息，可是又復出為害了麼？」

乙休濃眉略揚，還未回答，五姑突然道：「快看！」

各人忙循五姑所指看去，只見七點銀星，自空急降，來勢快絕，才一出現，一眨眼功夫已到頭頂。

銀星看來不過拳頭大小，下降之際，也未聞任何聲息，才一出現，就見石臺之上，藏靈子向著石臺旁的清泉連指。

隨著藏靈子手指，有七股清泉，倏地向上冒起，其疾如箭，直向七顆銀星射去，另有一股，化為一蓬極其濃密的水氣，將他全身罩住。那七股向上射來的泉水，一離護住法壇的黃雲，立時暴漲，等到射向上空，接連那七顆銀星時，每股少說也粗達盈丈，七股泉水所發的巨聲，震耳欲聾。

那七顆銀星卻依然只是拳頭大小，每一股泉水迎上去，隨聽得

「嗤嗤」之聲不絕，銀星陡地轉為紅色，泉水噴射上去，立化為大蓬蒸氣，四下飄散。泉水噴之不已，蒸氣也越聚越多，七顆紅星光芒越強，但下降之勢已是緩了許多，約有半盞茶時，「轟轟轟」七下響，泉水噴盡，最後噴上來的泉水，水作深碧色，水聲也格外驚人，都已是聖泉的泉母，這泉母之水，比尋常的水重一千餘倍，平時只要一滴，便可化生億萬，此際大團噴上去，將七顆紅星包住，只見紅星在內急轉，陡然爆炸，七下巨震過去，只見七團熱霧飄散開來，連紅星帶泉母一起消滅。

泉母所化的濃霧瀰漫開來，轉眼之間，天地之間變得一片混沌，連太陽也只剩了一圈淡黃的暗影。

凌渾斜睨司太虛，道：「你巴巴趕來相助，這驅霧的本領，總該有吧？」

乙休忙道：「化子別難為人，誰不知道泉母所化熱霧，看似與尋常霧氣並無不同，實質奇重無比。再說要是行法驅散，不是化為霪雨，便是生靈遇害，不如由它滲入地下，再化為泉水在地底竄流呢！」

凌渾笑道：「偏你多事，我不過想試試他的本領！」

就這幾句話之間，只見漫天濃霧，迅速下沉，挨近地面的，帶著「嘶嘶」之聲，遇隙即入，快疾無倫，轉眼之間，已全數沒入土中不見，重又清光大亮起來。

五姑道：「已歷三次了！第四次不知何等光景？」

各人聞言抬頭看去，突聽得藏靈子一聲大喝，陡見九十九口天辛劍，化為九十九道精光，穿雲而出，沖天直上。

這時天際還未見有甚跡象，只見九十九道精光直上霄漢，少說離地也有千丈以上，這才見空中突然出現一團精光，光芒強烈，映得連太陽也失色。一大簇劍光直射向精光，雙方才一接觸，一下驚天動地的巨震過處，精光和劍光一起迸散。

那團精光迸散之後，立時消失，那九十九口天辛飛劍，卻化為滿天流星，向下落來。眼看藏靈子以多年心血祭煉的九十九口天辛劍，抵禦了第四次雷擊，卻和天雷同歸於盡了！

天辛劍所化的流星，暴雨也似灑下，乙休道：「西方精金，雖然失了靈效，還可祭煉復原——」

乙休話未說完，凌渾已化為一道金光飛起，勢子快絕，如驚龍遊空，轉瞬之間，轉了一個極大的圈子，金光到處，天辛劍所化流星，全為他收去，晃眼落地，手中已多了一把精光隱射的晶沙。

乙休道：「事後物歸原主，化子可別趁機吞沒了！」

凌渾瞪了一眼，道：「化子再沒出息，也不會看中矮子的廢物！」

五姑道：「別小看這九十九口天辛劍，第四次雷震，若不是它，不知何等威力！」

三人正說間，忽見護壇的黃雲，突然向上升起，轉眼之間，一起騰空，看石臺上藏靈子時，在聖泉所化水雲之外，「紅欲袋」所化紅光也包在身外，那黃雲似乎並不是藏靈子行法升起。

四人心中疑惑，向空看去，只見空中似乎有一個極其強烈的氣旋，發出強烈之極的吸力，將黃雲吸得不停向上。黃雲向上升起的十分迅疾，急速旋轉，呈螺旋形，投入無形氣旋之中，無影無蹤。

第六回 血神妖孽 七情迷魂

黃雲籠罩法壇，展布開來，有七八畝方圓，數量極多，可是向無形氣團投去的勢子極快，轉眼之間，已消滅了一大半。凌渾看出不好，和乙休雙雙飛身向上，「嗤」地一聲響，剩下的一小半，也全數不見，最厲害的是，那無形氣旋，目不能見，但是吸力強得出奇。

凌渾和乙休兩人，一化金光，一化紅光遁身而起，未能截住剩餘的黃雲，反覺身外有極強的壓力逼來，兩人忙運玄功相抗間，只見乙休一到便自放出「天羅神沙」，也突然旋轉飛起。

乙休這一驚，實是非同小可。那「天羅神沙」，雖非與他心靈相合之寶，但是用法素知，像這種不受控制，自行飛起的情形，從未見過，眼看「天羅神沙」升起，開始旋轉，乙休急忙行法收轉，只覺呆滯之極，連運玄功，才將之收了回來，收時略一分心，身子已不由自主旋轉起來。

乙休一聲大喝，雙手向上揚起，待要施為，陡地聽得半空之中有人大喝道：「駝子，天威不可抗，還不快退！」

乙休剛聽出是好友「采薇僧」朱由穆的口音，一片佛光，已自天而降，連自己帶凌渾一起下降。甫一落地，便見石臺之上，「紅欲袋」所化紅光，化為億萬縷紅絲，在半空之中，紛紛揚揚，四下飄散。

乙休未及和朱由穆相見，已見朱由穆揚手一片佛光，罩向石臺之上。石臺上，藏靈子顫巍巍站起來，神情極其狼狽，似乎連站也站不穩神氣，七竅之中，皆有血絲滲出，站起之後，手向頂門上一拍，一個身高不滿一尺，和他一般無二的小道人，立自頂門上升起。元神已然升起，朱由穆的佛光向前一捲，將藏靈子元神裹住。藏靈子元神在佛光包圍之下，向前緩緩飛來。

各人見此情景，心下俱都駭然，知道藏靈子若不是自知難以抵禦第六次雷擊！斷然不會如此！果然，藏靈子元神才一飛離法壇，半空之中，霹靂連連，也未見有雷火下擊，法壇上一切法物巨旛，紛紛自行爆炸，最後一下巨響，連石臺帶藏靈子原身，齊皆震成粉碎，化為縷縷青煙！

藏靈子元神，在佛光包圍之下飛起，朱由穆叫道：「駝子，先給矮子躲一躲，我要行法！」

乙休一展衣袖，藏靈子元神立時向乙休的袖中投來，朱由穆雙手向空連揚，神情緊張。

藏靈子元神才一投入乙休衣袖之中，忽見熊血兒哭叫：「師父！」一向乙休疾撲過來。

一旁凌渾、五姑，急聲疾呼：「駝子小心！」

乙休一回頭，只見向前撲來的熊血兒，身子向後微仰，一道血影自熊血兒身上飛起，疾逾閃電，向乙休當頭壓下！

這一切，原是剎那間一齊發生之事，乙休心知藏靈子法身雖毀，還有第七次雷擊未來，朱由穆全力施為，必是在助他防劫。藏靈子元神投入自己衣袖，責任重大，是以全神貫注，絕無旁鶩，雖覺熊血兒來得突兀，也未曾在意。及至凌渾、五姑齊聲驚呼，才一醒覺，血影已然離身飛起，當頭撲下。乙休法力雖高，怎耐來犯的血影，更是非同小可，來勢快絕，乙休眼見血影已快罩上身來，一張口，「呼」的一聲，自口中噴出一大團烈火來！

那團烈火，乃是修道人本身的三昧真火，不是尋常法寶，威力極猛，尋常邪魔，一被噴中，立化灰燼，形神皆滅！行法人自己元氣也大為損耗，不是到了萬分危急之際，誰也不肯輕施。

此際，乙休全神貫注救助藏靈子的元神，同時又有朱由穆、凌渾、五姑在旁，再也想不到巨慝大惡就在身邊。

「血神子」鄧隱本是峨嵋開山祖師長眉真人師弟，身兼正邪兩派之長，雖然煉就《血神經》，成了邪派之中有數的人物，但是偏偏又不帶一絲邪氣，再加頂著熊血兒的法體，竟連乙、凌、朱、崔這樣法力高強的人物，都被瞞過，猝然發難，乙休若不是將本身三昧真火噴出，雖然不至於遇難，受傷卻是難免了。

當下只見一大團烈火，帶起「轟」的一聲巨響，激射而出，血影本來已快要罩上身來，被烈火一擋，發出一聲怪嘯，立時後退。撲向前來的勢子固然快絕，後退之勢，更是驚人。才一退，血影之中，伸出兩條十來丈長的手臂，隨著刺耳之極的厲嘯聲，竟向崔五姑當頭抓到！

五姑一面縱身遁起，一面手中「七寶紫晶瓶」瓶口之中「雷澤神沙」已然噴出。「雷澤神沙」又是至陽至剛，是妖魔邪物的剋星。血影一現，知道已難佔便宜，陡地一個旋轉，改向法壇撲去。

其時，凌渾手中的「九天元陽尺」，早經施為，一團紫氣，九朵金花，迅速展布開來，朱由穆身子飛起，凌空而立，雙手齊揚，兩團佛光向血影罩下。凌、朱二人發動雖快，血影的動作更是迅速，一旋轉間，血影已臨法壇之上，眼看要向法壇之中撲去。

也就在此際，只聽得天際陡地傳來「哈哈」一笑，聲威非凡，竟連地皮都因這一笑之威，而在微微顫動。隨著笑聲，一股青氣，疾逾閃電，自天際射下，來處雖遠，但其疾非凡，竟趕在血影之前。射進法壇之中。血影發出一聲怒吼，法壇中「轟」地一聲巨響，青氣已帶著一股巨大無匹的銀泉，拔地而起！

乙休以本身三昧真火將血影逼退，張口一吸，將真火吸回，就這一剎那間，青氣已捲著大股銀泉，破空而起，乙休大喝道：「不要臉的老怪物，也來趁火打劫麼？」

只見銀泉凌空，聲勢驚人，但去勢一樣快絕，轟發之聲才一入耳，便已到了天際，青光一閃，便自不見。

同時聽得極遠的天際，傳來一個老人口音，哈哈笑道：「無主之物，人人可得！要是不服氣，可到落伽山取回去！」

聲音入耳心悸，語罷便自寂然。其時，佛光和「九天元陽尺」，也已罩到了法壇上空。因為青氣來去太快，未能阻住，但血影慢了一步，已全在寶光佛光籠罩之下，同時朱由穆雙手連揚，全身光芒隱現，禪唱之聲，自天而降，旃檀香味瀰漫空際，「大旃檀佛法」已自發動。

血影似知不妙，若是一為佛法所困，一身神通，再也難以施展。發出一聲厲嘯，全身血光亂迸，其疾如矢，刺空便射。乙休見狀，一聲怒吼化為一溜紅光，破空便追。但才一追出，便被朱由穆揚手一片佛光阻住。

佛光一現，紅光中乙休現出身來，滿面怒容，鬚髮蝟張，神情威猛，宛若天神。朱由穆素知乙休脾性剛烈，適才幾乎中了血神子暗算，吃了大虧，定引為生平未有的奇恥大辱。以他法力之高，就算獨自去追血神子，雖然未必可以討好，但也不致吃虧。可是剛才那一股青氣，分明是落伽山黑神嶺丌南公所發，一到便將一股柴達木聖泉盜走。丌南公得道千年，聲音雖自萬里之外的天際傳來，保不定元神化身隱伺在側，乙休若是獨自追去，丌南公和血神子聯手，卻是非吃虧不可，是以將之阻住。

乙休現身之後，怒喝道：「小和尚想作什麼？」

凌渾已飛身而來，道：「駝子休不知好歹，小和尚只為你好，我們救人尚未救徹，血影子妖孽血光遁法，何等迅速，只怕你未必追得上！」

乙休一瞪眼，道：「血光遁法雖快，我霹靂遁法，又豈是慢的？」

乙休一面說，一面手揚處，一片紅光硬將面前的佛光撐擋開去。

五姑在一旁道：「妖孽早已遁遠，只怕追不上了！」

乙休抬頭一看，晴空萬里，哪裡有絲毫形跡，心中雖恨，只得罷了！

當下四人一起落地，察看熊血兒的屍體，只見全身精血盡皆乾枯，顯然已被血影吸取殆盡，乙休想起血兒和金針聖母女兒施龍姑的經過，可說和自己多少有點淵源，更是憤恨。

只聽得袖中突然傳來藏靈子的聲音，細如嬰兒，道：「乙道友，小徒昔年，曾蒙一位異人指點，贈有一道靈符，如今原身雖毀，元神必已藉那道靈符之助，逃往那位異人處，倒是因禍得福了！」

乙、凌、朱、崔四人想起剛才血影向乙休那一撲之威，若非乙休法力真高，只怕也已遭殃。熊血兒雖在藏靈子門下多年，是否能在血影所襲的緊要關頭將元神遁走，實有疑問！

四人心中疑惑間，只聽藏靈子又道：「四位不必懷疑，其中原委，無法詳談，小徒必可無礙。貧道蒙四位相助，得以兵解，感謝不盡。」

乙休道：「你放心，剛才丌南公老怪物趁火打劫，盜了你一股聖泉，我便和你一起到落伽山去找他，逼老怪物用他所煉靈藥助你元神凝固，你看如何？」

凌渾忙道：「駝子又來多事了，幻波池所藏『毒龍丸』，怏將出世，給藏靈子服上一顆，豈不比找老怪物好得多？」

乙休一翻眼，道：「你當我不知道麼？老怪物敢在我們面前鬧鬼，也不能叫他平安無事！你不敢去！我去！」

乙休話才說完，袍袖一拂，紅光滿眼，人已不見，只聽天際隱隱有幾下霹靂之聲傳來，便自寂然。眾人知道乙休說做便做，此去落伽山，乃是丌南公的根本重地，實是非同小可，弄得不好，千年道基毀於一旦，都好生代他擔憂。

當下朱由穆手揚處，地下便陷下一個大洞，連法壇帶熊血兒屍體，一起沉下洞中，轉眼之際，洞又不見，仍是廣垠沙漠，絲毫不見一點痕跡。

原來當藏靈子四九重劫降臨之際，血兒自知法力淺薄，插不上手去，有乙、凌、崔三人相助，若是再逃不過天劫，那是天意難違，無可奈何之事。他獨自一人，在離法壇不遠處暗自焦急，正在默禱上蒼護佑恩師，鼻端忽然聞到了一絲極淡的血腥味，面前突然現出一條如虛如煙，血也似紅的人影。熊血兒曾在峨嵋開府時參與盛典，見過血影生事，被十數名仙人聯手逐走，一見血影，心靈便大受震動，知道自己已到了生死存亡的重大關頭。心意甫動，昔年異人所贈靈符便已發動。

藏靈子師徒昔年所遇那異人，原是大荒山無終嶺枯竹老人的元神化身。此時血兒拜師不久，與藏靈子一起，本是無心相遇，老人看出血兒根骨秉性俱是上乘，言談之中，頗代血兒投在藏靈子門下可惜，血兒師恩深重，不以為意，藏靈子卻是氣量狹小，當時也不知老人來歷，雙方把話說僵，就動起手來。鬥法一日夜，藏靈子終為老人所敗。

枯竹老人當時也不為已甚，只對藏靈子道：「你兩個徒弟，大徒弟師文恭，結交妖邪，遲早死在邪魔之手，你自己臨到四九重劫，也未必有好結果。只是你這小徒弟，根骨人品皆是上乘，來日大難，只怕以你的本事，難以庇護。如今他在你門下，如是他死過一次，便不算你的徒弟，我有意收他為徒。如今這樣說，你也不服，到時你自會明白！」

老人說罷，一揚手，青光一閃，陡地將血兒全身包沒，血兒當時大驚，只覺得身上一涼，青光已透體而入，一閃不見。

血兒心頭還有一點涼意，拉開衣襟一看，心口有極小的一點青色，不是留意，絕看不出來。

血兒正不知是吉是凶，老人又道：「你來日之難，極其凶險，如今我以一道靈符，護住元靈，到你自覺萬難有倖之際，只消心意略動，靈符立生作用，能將你元神送來我處！」說罷，便自不見。

藏靈子落敗之後，心生不忿，幾次想要設法報仇，偏生對頭如神龍見首，一次相遇之後，再也未曾見過。用盡心機，才打聽到對頭竟是枯竹老人的元神化身。藏靈子修道年久，焉有不知大荒二老出名難纏之理？自然噤若寒蟬，不敢再提報仇二字了。

血兒心口那一點青光，一直留著，時日一久，也漸漸忘記，並不放在心上。直到此際，看到血影就在眼前出現，而且正向自己撲來，才陡然想起，以自己法力，萬萬不是血神子敵手，昔年老人所預言的大難已然應驗。心念一動，靈符已生作用，裹著血兒元神，離體飛起。

那道靈符和枯竹老人心靈相通，發動之際，又具有極其神妙的隱形作用，是以連血神子那樣邪法神通也被瞞過。血影直撲血兒，透體而過時，才覺出元神早已離體，本來打算血兒在藏靈子門下多年，又可得益不少，怎知失了所算，心中奇怪，還只當血兒功力不濟，並不以為意。

血神子此來，本是想趁藏靈子遭劫之際，來趁火打劫，及至頂了血兒原身，來到法壇近前，正是藏靈子元神離體，投入乙休袖內的吃緊關頭。血神子一見有機可乘，立時便藉向乙休道謝，血影直撲乙休。

乙休得道多年，法力甚高，神通廣大，尋常妖邪，一聞巫山神羊峰大方真人「神駝」乙休之名，無不望風而遁。但血神子並非尋常妖邪，身兼正邪兩家之長，自從修煉《血神經》，全身變成一道似實非實、似虛非虛的血影之後，已幾近不死之身。法力再高強，只要被他血影罩上，透體而過，立時慘死，全身功力並還被他吸收。昔日峨嵋開府，血神子在眾仙追逐之下逃遁，遇上猿長老，猿長老何嘗不是數百年修為，一樣慘遭殺害。自此之後，血神子一直在北海潛伏，伺機又殺害了不少附近潛修的散仙，功力更增。一想到如能向乙休如法炮製，則幾乎從此之後無人能制，是以立時發動。乙休若不是當機立斷，以本身三昧真火退敵，也必要吃虧無疑了！

當下朱由穆首先告辭離去，凌渾夫婦又到藏靈子的柴達木宮之中，代藏靈子遣散門人，封閉宮殿，忙了幾個時辰，司空湛自己量力，覺得幫不了忙，也自告別離去。

卻說東海雙凶逃遁之際，倏然分途，毛簫向北，癩姑獨追。章狸向西逃去，朱文、金蟬、英男三人一起急追，朱文、金蟬一面急催遁光，一面已將「天心雙環」放起，兩圈青紅心形光芒，高懸天際，急速向前湧來，寶光燭天。

英男的南明離火劍和「五雲神圭」，更是聲勢驚人。一個是火一般紅光一道，發出雷震之聲的劍光，一個是小山一樣高湧的墨綠圭形寶光，向前急駛之際，排空而起的轟發之聲，震耳欲聾。而在三人之前，章狸元神所化梭形濃紫色光芒，去勢如電。

雙方的勢力均急驟之極，轉眼之間，已經飛出千餘里，只見前面腳下，雪嶺橫亙，崇山起伏。朱文、金蟬和英男三人，均不知已經到了崑崙山上空，還在向前急追。正追趕間，只見腳下一座山峰高出雲表，只留峰尖在雲海之上，峰尖之下，全隱在翻翻滾滾的雲霧之中，山峰頂上，突然射起一股黑氣。

那股黑氣一望而知不是正派中人所發，來勢快絕，甫從蜂頂射出之際，看去細才如指，一射上半空，立時展布開來，眨眼功夫，半邊天都被遮黑。黑氣之中，隱隱有金星亂迸。三人只聽前面急逃的章狸發出一下尖銳的叫聲，直向黑氣中投去。

章狸元神所化紫光才一投進黑氣之中，只見黑氣中射出一蓬金星，金星亂迸之中，章狸元神立被捲走，一閃不見，在被捲走之際，似乎聽得章狸發出幾下急嘯之聲，淒厲無比，但聽不出是在叫些什麼。

章狸元神一被捲走，黑氣仍在展布，轉眼之間，以金蟬的慧目法眼，竟也不能透視黑氣。這時，半邊天空全為黑氣所遮，另半邊天際則是「天心雙環」、「五雲神圭」的寶光。一邊是黑霧沉沉，陰雲慘慘，一邊是寶光上燭，耀目生花，頓成奇觀。

金蟬等三人前駛之勢本極迅疾，及見黑氣一起，金蟬近年來多長經歷，行事已不再莽撞，立時將手一舉，去勢變緩。從黑氣出現，到章狸元神被黑氣中的金星捲走，前後只不過是一眨眼的事，金蟬等三人仍在緩緩向前，一面用傳聲交談，都猜不透那黑氣的來歷。但從章狸這樣窮凶極惡的人物，一晃就被捲走，可知黑氣主人不是尋常人物。

三人眼看再向前去，就要和黑氣相遇，便索性停住了去勢，同時三人也各將法寶收起，準備問話。怎知「五雲神圭」和「天心雙環」才一收起，本來只在三人身前橫空展布開來的那股黑氣，除了看來越濃越黑之外，也別無異樣。寶物一收，黑氣最上端，本來早已直上青冥，看不出有多麼高，這時倏地倒捲下來，來勢快絕，三人一回首間，連身後也全被黑氣佈滿！

三人之中，金蟬看出對方非比尋常，英男性子隨和，遇事向來聽從同行師兄弟的主意。朱文卻是心高氣傲，一見這等情形，雖說自己三人還不是被困，但前進後退，皆被這密如膠質的黑氣阻止，黑氣之中，金星隱現，還有密如連珠的爆炸之聲傳來，對方顯然不懷好意，已是無疑，當下一聲清叱，道：「我們追趕妖人來此，是何人將妖魂收去，快快現身相見！」

朱文功力不弱，叱喝之聲本可傳出老遠，可是此際不知怎的，聲音傳出不遠，便被黑氣所阻，變得十分暗啞。而且就這兩句話功夫，黑氣展布之勢快絕，三人已被黑氣包在中間。尚幸三人護身寶光神妙，但在離身十丈之外，已全是濃密如膠的黑氣，漸漸覺出重如山嶽，連行動也呆滯起來，而始終未見有人現身答話。

這一來，連金蟬、英男也大是有氣，朱文更是惱怒，「天遁鏡」首先出來，百十丈金光向前直射出去。光芒到處，只見黑氣之中，被衝開一條光衖，但也不過五尺方圓，光衖之處，仍是極目難見天光。

金蟬大聲喝道：「若再無人現身，我們可不客氣了！」語還未了，只聽得一陣冷笑聲，隱隱傳來。

隨著那一陣冷笑聲，本來是凝止不動的黑氣，陡地急速旋轉起來。其勢如一片本來極平靜的湖水，忽然之間，起了一個極大的漩渦一樣。三人自黑氣四下包上來之後，便將護身寶光聯成一氣，這時，數十丈高的一個光籠，竟被外面急速旋轉的黑氣扯動，也跟著轉動起來。同時隨著轉動之勢，黑氣之下，生出一股極大黏滯之極的力道，將三人護身寶光的光籠，扯得向下急速沉去。

三人至此，又驚又怒，英男一揚手，南明離火劍已疾射而出。達摩老祖當年的降魔之寶，確是非同小可。一出手，匹練也似一道紅光，直刺進黑氣之中。

南明離火劍劍光照射之下，只見濃密之極的黑氣，翻滾著向外散去，如颶風之吹向烏雲。但是黑氣隨散隨聚，南明離火劍的去勢儘管強烈，並不能將之破去。恍若無邊無際的墨海之中，天際騰挪著一抹火紅，紅黑相映，壯觀之極。

三人下沉之勢甚快，晃眼之間早已下沉數十百丈。三人只管運用玄功，奮力上掙，總不能稍遏下沉之勢，朱文、金蟬二人待重新將「天心雙環」放出，忽然覺出下面似已是實地。低頭一看，身子果然已落在一個法臺之上。只見那法臺極大，廣約畝許，其質非金非石，色黑如漆，在黑色之中，隱有金星迸現，看來和包圍在四周的黑氣差不許多。

法臺雖廣，臺的四周圍仍是黑氣籠罩，黑氣比在空中時更加濃密，「天遁鏡」的光芒射上去，至多只能射透丈許，便為所阻。

英男的南明離火劍一直在黑氣之中，如同金龍鬧海一樣，往來飛騰。金蟬見到自己落在法臺之上，想起剛才遁光極高，離最高的峰頂，少說也有千百丈，對方竟有本領將自己硬生生攝下來，可知定然大有來頭，在敵友未分之前，還是小心為上，是以立時傳聲向英男道：「英男師妹，且先將劍光收起再說！」

英男答應一聲，行法收劍。怎知運玄功往回一收，立時覺出劍身上有一股極強的阻滯之力，一下竟然收不回來。英男這一驚實是非同小可，立時深深吸一口氣，加強運功，劍才緩緩往回飛來。

這時，金蟬和朱文二人，也看出情形不對，但是南明離火劍是英男所有，二人無法相助。朱文心急，一縱身，就想衝出護身寶光去設法相助，心意才動，陡見黑氣之中，射出一蓬金星。那情形和章狸元神捲走時情形相若，只是金星一經射出，一陣密如連珠的爆炸聲過，陡地化為萬千蓬金絲，齊向南明離火劍光上纏去，轉眼之間，已將劍身整個包住。

英男臉漲得通紅，只覺劍回飛更緩，連運玄功，南明離火劍簡直就像是被膠在黑氣之中一樣！英男自得劍以來，已經練到了身劍合一的地步，這口南明離火劍又是大有來歷的寶物，不次於紫郢、青紫，如今這等情形，連聽也未曾聽說過。自黑氣中射出的那億萬縷金絲，也不知是什麼法寶，儘管英男連運玄功，劍光大盛，並隱隱有霹靂之聲傳出，但金絲始終纏在劍身之上，未被劍光所破。

這時看來，是英男和對方在爭奪那口南明離火劍，但英男畢竟是劍主人，像這樣扯了一個平手，誰也不能將劍收去的情形來看，分明是對方的功力遠在英男之上！

三人至此才知道對頭並不易與，依朱文心意，「天心雙環」、「五雲神圭」若是同時發動，就算不能取勝，至少也可以衝出重圍而去。英男心急，惟恐南明離火劍被敵人收去，也想發動，偏偏「五雲神圭」才到手不久，還不能由心運用，全神貫注在劍上，神圭即使放出，威力也必大減，是以遲疑未發。

就在這時，只聽得黑氣之中，傳來「哈哈」一笑，道：「峨嵋門下，果然有點門道，看來道友的『吸宁金絲』，也未能奏功呢！」其聲乾澀刺耳，聽了令人極不舒服，三人在寶光之中，也覺得心旌搖搖。語聲甫畢，另一個尖聲道：「只怕未必，此劍是達摩老祖昔年所用至寶，自非尋常寶物可比，但一樣可以到手，老祖只管靜觀！」

這兩人語聲聽來均若遠若近，方向變幻。在兩個交談之際，金蟬、朱文三人，「太乙神雷」早如聯珠而發。但百十丈雷火金光，打進黑氣之中，便如石沉大海，音訊全無。平時威力如此強大的「太乙神雷」，竟莫奈黑氣何。朱文「天遁鏡」循聲照去，雖然能在黑氣之中照出一條光衖，但也只不過射出十丈左近，一絲人影不見。

三人又驚又怒，英男更是焦急，猛見又是一蓬金絲雜著霹靂之聲飛出，重重包在南明離火劍之外，同時又聽一聲厲嘯，本來細才如髮的金絲，隨著一聲厲嘯，突然變粗，變得每一根都有手指大小，將南明離火劍盡皆包沒，只見金光，不見紅芒。金蟬、朱文一見這等情形，齊聲大喝，「天心雙環」飛起，一青一紅，兩股心形光芒才一升起，飛出護身寶光的光籠之外，便聽得英男一聲急呼。

南明離火劍被金絲全包沒之後，英男還在運用玄功，劍光不斷漲大，金線之中，隱有紅光射出，整個已成了一團劍形的百十丈長的光圈，就在英男一聲急呼之間，那麼長的一團金光，倏然向黑氣之中投去，剎那之間，便自不見。

英男一見南明離火劍終於被敵人收去，除了只知敵人所用的法寶，叫做「吸宇金線」之外，敵人連面都未露，來歷更是不知。英男學道以來，法寶所得不多，那口劍更是珍逾性命，驟然失去，如何肯捨。一縱身，便待向外追去，朱文忙伸手將她拉住，道：「師妹別急！」

英男急得滿臉通紅，連話也講不出來，朱文還待勸說，又聽得黑氣之中，乾澀的語聲傳來，道：「道友果真神通廣大！」

那尖厲的聲音接口道：「老祖過獎了！本來劍落誰手，尚未可知。如今那一雙男女，出手放出『天心雙環』。這些峨嵋小輩，空自有許多奇珍異寶，又不知道法寶的神妙之處，不知『天心雙環』一出，反將同伴的真氣阻了一阻，致為我唾手而得了！」

朱文、金蟬聽得敵人隱身交談，旁若無人，盡皆大怒。但敵人對話，卻又說英男的南明離火劍，是因他們「天心雙環」出手太快，反致失去，心中不免大是歉疚，一齊向英男望去。

英男自失劍之後，懊喪欲絕，一聽得敵人這樣說法，心中也自一動。若是換了別人，縱然不免心生怨懟，埋怨卻是難免。偏生英男生性沖和柔順，心中雖然懊喪，卻並沒有絲毫責怪朱文、金蟬之意。當二人向她望來之際，反倒苦笑道：「師長一再諭示，此劍該為我所有，於我青年成道大有關係，斷然不致落入邪魔之手，蟬姊、文姊不必自責！」

英男如此說法，發自天然，並未想及其他，也不知自己三人已身在極度危境之中，若是稍有怨懟之念，不需宣之於口，便立為魔法所算了！

原來自三人被黑氣包圍，身落平臺之上開始，魔法便已然發動。主持魔法的老魔，因看出三人年紀雖輕，但是身懷奇珍異寶，無一不是前古奇珍，邪魔的剋星，是以一上來便將輕易不用，並且極耗行法人精血的「七情迷魂大法」施展出來。

那「七情迷魂大法」，乃是魔教之中最厲害的魔法，威力高下，隨行法人的功力而定。昔年魔教七長老曾以此法對付寒山、拾得兩位得道高僧，結果寒山禪師尚且不免中了陰魔暗算，墮了數百年道行。那「七情迷魂大法」中有七種陰魔，來無影，去無跡，隨被困在黑氣之中的人心情變化，次第來襲。

金蟬等三人哪知厲害，見黑氣濃稠如膠，還只當是尋常魔陣而已。老魔的「七情迷魂大法」一經施展，被困的人除非真有大智慧大神通，否則眼前一切所見，皆是幻象，而且幻象隨人心意而變。不但目見幻象，並且心意也為幻象所迷，意念所生，皆是虛幻，但又生出實質力量，中魔再深，便隨行法人的意志，顛倒是非，聽憑主使，最是陰毒厲害。

老魔何嘗不想將南明離火劍據為己有？但此劍乃達摩老祖當年降魔之寶，連經佛法祭煉，老魔神通再大，也難以將之收去。此際英男以為自己將劍失去，金蟬、朱文也以為英男失了此劍，定是陰魔作怪。英男因心急怕劍失去，而自黑氣之中射出的金絲，看來又確實十分奇妙，心中一急，陰魔便已趁虛而入，越是發急，越是魔法高漲，再加老魔倒轉陣法，將南明離火劍移向一角，三人便自覺得劍已失去。

老魔用心陰毒，故意將英男失劍之責，轉移在金蟬、朱文二人身上，激發心魔，令人越想越怨，若是道力不高，甚至兄弟反目成仇，自相殘殺，老魔則可坐享其成了！偏生英男心雖懊喪，根本對朱文、金蟬二人未生一點怨念，這才逃過了「嗔」字這一關。莫看「嗔」是小事，多少是非風波，皆由一個「嗔」字演繹，以致不可收拾。

反倒是朱文、金蟬二人，心中總有歉意，對英男格外關心，引致陰魔侵襲，後來身陷魔教黑地獄之中，因此未能守定心神，幾乎毀了道基，而金蟬終於未能修到天仙位業，也因之而起，這是後語，暫且不表。

當下「天心雙環」光芒強烈，將三人護住，朱文、金蟬各運玄功，催動雙環向前急駛，只見寶光排蕩之下，黑氣滾滾，四下飛漾開去，但寶光雖烈，仍不過照出十丈遠近，再向前，一任運用慧目法眼，再也看不清絲毫。

三人向前飛了些時，少說也飛出了百餘里，那平臺能有多大，照說早該飛出，可是四周圍仍是黑氣濃密，未見天光。

三人停止飛馳，略一商量，照這情形看來，分明已被困入一個極厲害的魔陣之中，連敵人是什麼來路都不知道，不如暫且停下，以靜觀變。三人打定主意，只在寶光籠罩之下防守，英男再將「離合神圭」放起，三人一起在神圭的墨綠色光芒之中，「天心雙環」左右高懸。

似這樣也不知守了多久，一任三人喝罵，敵人始終未曾出聲，到後來，朱文實在忍不住，手按胸前傳音告急法牌，待要發出，請眾同門前來相救。她這裡手才按向法牌，還未發動，陡地聽得一聲長笑，眼前一亮，濃若膠漆的黑氣之中，突然現出一個極大的殿堂。

此際，三人眼前的情景，十分異特，分明眼前是一片漆黑，可是在漆黑之中，卻又能清晰看到景物。只見那殿堂寬廣無匹，金碧輝煌，極其華麗。殿堂正中，兩張高大的金椅之上，坐著有人。左首那張椅上坐著的是一個一頭亂髮，形如飛蓬，獅鼻闊口，頭大如斗，雙耳又紅又闊，耳上各掛著三隻大耳環，徑可五寸。那六隻耳環色作碧綠，邪光隱隱，身上穿著一件深碧色的道袍，十分寬大，道袍之上，繡著各種風、火、雲、雷、水之形。

在道袍寬袖之外，兩隻鳥爪也似怪手，五指正在伸屈不定，指甲極長，隨著伸屈，看來極之詭異。右首那個，卻是個中年道者，貌相極其清俊，只是臉色慘白，在四周黑氣襯托之下，更是白得駭人，一對眼睛，卻是精光四射。三人一看，就認出那中年道者，正是日前九盤山魔官馳援，半途被小寒山二女謝瓔、謝琳帶往小寒山，由謝瓔施展「小無相神光」，在神光中曾見過的魔都中第一厲害人物，西崑崙星宿海星宿老魔！

三人既認出那中年道者是星宿老魔，只是不知那大頭亂髮，形如苗人的是什麼來歷，也不知敵人突然現形，是何用意。

朱文一見敵人現身，「天遁鏡」的光芒立時向前射出。可是那殿堂看來就在眼前，「天遁鏡」照例一出手，便是百十丈金光向前直射。多厲害的邪霧，也能衝開。可是此際，卻只射出了十來丈遠近，便自停止，眼前的殿堂，依然絲毫沒有動靜。

朱文還待加功施為，還是英男謹慎，攔住道：「既然對頭有星宿老魔在，小寒山謝家姊妹的預言已然應驗，只怕這也是幻象，我們小心點好！」

經英男一言提醒，朱文、金蟬二人，也不禁怵然而驚，互望一眼，朱文立即收回「天遁鏡」，索性不聞不問，仍立在「五雲神圭」和「天心雙環」的寶光之中。儘管三人各自凝定心神，但是那座廣闊無比的殿堂，卻就在眼前，堂上情景，也歷歷可見。

只見星宿老魔將手微微一揚，嘴皮微動，殿堂一角，立時有一種極淒厲的嘯聲傳來，三人一聽便聽出嘯聲正是章狸的元神所發。嘯聲陡地傳近，殿堂中心，「嗖」的一聲，射出一股紫煙，紫煙之中裹著章狸的妖魂。章狸護身妖煙雖然濃密，但三人還是看得逼真！見他神情又急又怒，正在不住厲嘯。

三人心中方在奇怪，章狸向西飛逃，情急來投，就算星宿神君不將之當作上賓，情形也不應如此狼狽。而且如今看情形，老魔也並未使什麼邪法對付，何以如此惶急？

只見章狸神情獰厲，叫了幾聲，待向前撲來又不敢神氣，星宿神君慘白色的臉上，現出一絲奸笑，道：「章道友，你被人窮追，眼看形神皆滅，事急來投，如今我是一番好忘，莫非你還不願麼？」

章狸妖魂戟指著老魔，聲音尖厲，道：「我雖事急來投，但我們以前曾有危急互助之議，你如何趁火打劫，要將我煉成神魔，為你效勞！」

星宿老魔揚聲怪笑，道：「身為我教下神魔，你當是容易的麼？

在我黑地獄中，多的是修道人的元神，可供你使喚，我只留你九十九年，過此期限，必助你元神凝煉，得以成道！」

章狸怒道：「我若不允，你便如何？」

星宿老魔又是一聲長笑，將手一抬。只聽樂聲驟起，八音齊奏，悅耳之極，宛若天籟，隨著音樂，兩隊十六名粉妝玉琢，玉雪可愛的男女嬰兒，各自嬉笑著疾奔出來，動作嬌憨，活潑天真。

十六個男女嬰孩奔出之後，繞著章狸妖魂打轉，章狸妖魂立時縮成一團，紫色濃煙之中，神情又驚又怒。

老魔又道：「你可是念及以前稱霸一時，是以如今不甘在我教下服役？敢問你比『赤身教主』鳩盤婆又如何？」

當那八男八女，十六個玉雪可愛的嬰兒一奔出來之際，英男、朱文、金蟬三人，因皆曾聽脫劫歸來的「女神嬰」易靜說起過赤身教主所煉「九子母天魔」，一看便知那十六個嬰兒，定是星宿神君所煉神魔的化身，共有一十六個之多，只怕比鳩盤婆的「九子母天魔」還要厲害。三人藏身寶光之內，暫時無甚變故，樂得靜以觀靜。及聽到老魔忽然提起鳩盤婆來，都是一怔，不知老魔是何用意。

章狸妖魂怪吼一聲，尖叫了幾下，聽不真切在叫些什麼。只見星宿神君兩道濃眉向上一揚，陡地一伸手，自指尖之上，射出一股黑煙，直向殿堂東方懸著的一團綠霧射去。

那團綠霧，色作慘碧，凌空懸在殿堂的東首，約有四尺大小，形作三角，也看不清是什麼東西。老魔指尖所發的黑煙一射上去，碧霧立時散開，現出一面三角形令牌來。非金非鐵，其色黝黑，上面鑄著許多符咒文字。黑氣射到令牌之上，陡地分成五股，幻成手形，向令牌上抓去。同時，令牌之上，也起了一種極其淒厲的叫聲，聽了令人心神皆悸。

看這情形，像是老魔指尖射出的五股黑氣，想在令牌上抓什麼東西出來，但是暫時竟未能如願神氣。

朱文等三人正在奇怪，陡地聽得老魔一聲厲喝，道：「兄弟如非是我，你九股元神早已盡皆消滅，還有今日麼？再要倔強，莫怪我無情！」

老魔一面叱喝，一面五股黑氣尖端射出大量金星，射向令牌之上，隨聽得淒厲的嘯聲，變成痛苦嗚咽之聲，五股黑氣往回一收，自令牌之上，飛墮下一團黑煙，一落地，便急速旋轉，越轉越快，自黑煙之中傳出的嘯聲，更是驚心動魄。黑煙急轉了數千百轉，漸漸凝成人形，看來是一個身形矮小，宛若嬰兒，鳩臉乾瘦的老婦人。

金蟬、朱文二人，曾在高黎貢山神劍峰屍毗老人的魔宮之中，看到過鳩盤婆前來尋仇，當時來去如電，何等神通，再也想不到如今竟會落到這等田地，不禁相顧駭然。鳩盤婆現出形態之後，周身似是黑煙繚繞，原來圍著章狸妖魂的八個女嬰，立時歡嘯著向鳩盤婆圍去。

鳩盤婆本來看情形似要向前撲來，但八個女嬰一圍上去，便自發出一下悲嘯之聲。只見老魔將手連指，八個女嬰著地一滾，立生變化。適才還是如此玉雪可愛，這時變成了八個栲栳般的大骷髏，綠睛紅髮，白骨嶙峋，個個在一團黑煙烘托之下，凌虛浮沉。口中的怪嘯之聲，震耳欲聾，滿口白牙，震得山響，一雙怪眼注定鳩盤婆，似欲攫人而噬。

鳩盤婆在八魔一現原形之後，顯得又急又怒，厲嘯不已，星宿神君厲聲道：「這是你唯一自保之道，神魔並未得美食，你再不知趣，可就難說了！」

鳩盤婆又一聲怪嘯，身子一轉，一下厲嘯過處，黑煙冒起，也化為一個車輪大小的骷髏，口中一蓬黑煙噴出，分成八股，幻罩八個神魔頭頂，懸空之下，八個神魔本來神態獰惡無比，及至鳩盤婆也化為神魔，噴出黑煙之後，立時收起凶態，口中嗚嗚作聲，似在乞媚。

星宿老魔面有笑容，手指鳩盤婆，對章狸妖魂道：「章道友，你看到了沒有？陰天九魔已有首腦，陽天九魔，以你為首，陰陽十八天魔，足可縱橫天下，你我俱都受益，你以為如何？」

星宿老魔說到這裡，朱文等三人不禁暗自吃驚。三人均知魔教中的神魔，本來全是修道人的元神祭煉而成，修道人原來的功力越高，神魔的勁力也越大，像鳩盤婆、章狸這樣懷有千百年功力修為的妖魂，一旦被煉成神魔，更具有通天徹地之能，實是厲害無比。

老魔說罷，章狸妖魂仍在戟指怒罵，老魔臉往下一沉，手掐魔訣，向外一揚，那八個男嬰立化神魔飛起，各自口中噴出一股黑煙，射向章狸妖魂，八股黑氣，將章狸妖魂緊緊吸住。神魔口中歡嘯不已，章狸妖魂卻發出慘嘯之聲。前後不到一盞茶時，只聽神魔口中呼吸有聲，章狸的護身紫色妖魂已逐漸變淡。

金蟬等三人均知道章狸的三屍元神雖失其二，但是主魂仍具極大神通，如今在陽天神魔圍攻之下，竟連反抗的餘地皆沒有，可知星宿老魔的魔法之高，實是非同小可！三人正在心驚，只聽章狸妖魂一聲怪叫之後，又是一下長嘆。

緊接著，便聽老魔呵呵大笑，道：「章道友畢竟修煉多年，知曉輕重厲害。你元神經我魔法祭煉之後，成為陽天九魔之首，我已算出，日內有不少無知小輩來犯，我均將他們移往黑地獄中，供你使喚便了！」

老魔一面說，一面將手連指，陽天八魔似因到口的美食未能隨意而啖，個個厲嘯起來，不肯後退。老魔雙眉一揚，一聲厲嘯，手揚處，一面令牌憑空出現，自令牌之上，發出一種極其洪厲的聲響。

那種聲響，別人聽了，還只覺得震耳心悸，陽天八魔卻立時慘嚎起來。老魔一揚手，一蓬碧火飛出，先擁著章狸妖魂和陽天八魔，向殿角的令牌上飛去。那令牌之上，似有無限吸力，八魔投到，轉眼便被吸入，令牌四周的綠霧又湧上來，轉眼將令牌盡皆遮沒。

老魔再將手向西一指，殿堂西首，同樣有一團綠霧，隨著老魔手指處，綠霧散開，現出一面同樣的令牌來。只不過這殿東的令牌，上面的符咒文字，盡是陰鐫。西首的令牌，卻是陽鐫。

令牌一現，章狸妖魂和陽天八魔也被令牌上的極大的吸力，吸得翻翻滾滾，向令牌之上投去，轉瞬之間，便自不見。

直到此際，才聽到那獅鼻闊口，狀如苗人的妖人開口，道：「恭喜神君，陰陽十八天魔一旦煉成，足可天下無敵了！」

老魔也不謙遜，面有得色，道：「你我同氣連枝，如今有三個峨嵋小輩在此，請老祖使法，讓他們先嘗個厲害如何？」

那苗人裝束的妖人仰天一聲笑，金蟬等三人便覺出妖人這一下笑聲，震耳欲聾，剎那之間，竟連心神也大為震動，一怔之間，定睛一看，不禁更是大驚！原來不知什麼時候，身已在大堂之上！大堂正中，懸空懸著兩隻鐵環，鐵環不過三尺直徑，在環上有不少小孔，黑氣便自環上射出，濃密無比，黑氣之中，並還隱隱雜有無數金星，自己三人，就在黑氣的包圍之中。

那兩個鐵環也不知是什麼法寶，「天心雙環」和「五雲神圭」的寶光何等強烈，竟射不出黑氣之外。而且看來，那團黑氣，不過丈許方圓，自己等三人被困在內，竟似廣袤無垠，無邊無岸一樣。

三人一見這等情形，心知不妙，朱文首先一按告急令牌，照所傳口訣施為。峨嵋弟子所佩告急令牌，乃是乾坤正氣妙一真人所煉法寶，不論身在何等魔法魔陣之中，只要依法施為，語音立可傳出，只不過每面告急令牌，只能使用一次，是以峨嵋弟子不到真正危急關頭，都不肯輕易使用。

此際，三人因見被困在黑氣之中，「太乙神雷」、「天心雙環」、「五雲神圭」、「天遁鏡」皆不能奏功，而且敵人還能將自己移動自如，心知危機一觸即發，是以才逼而使用。

朱文一經施法，對著令牌匆匆說了幾句，已見那苗人裝束的妖人，起身走來，雙手一揚，自十指指尖中，射出十股碧光，竟穿透黑煙，直罩向三人的護身寶光之外。

碧光一罩下來，三人立時覺出寶光之外，重如山嶽，護身寶光竟被壓得縮小了少許。三人急運玄功，才勉力支撐。

碧光本是十股，穿透黑氣進內後，化為一層碧焰，將三人的護身寶光一起圍住，只聽妖苗喝道：「神君且收『天星環』！」

星宿神君一揚手，雙環和黑氣立時消失，同時「轟」地一聲響，圍住三人的碧焰，如同點著了的洪爐一樣，燃燒起來，轟轟發發之聲，震耳欲聾。朱文等三人只覺得寶光的壓力越來越重，而且層層的碧焰之中，有億萬細如牛毛的碧針，挨著三人的護身寶光，便自爆炸，發出聲響並不甚大，但是力道大得出奇，連三人的防身寶光均受震撼。

三人各運玄功支持，朱文一面將「天遁鏡」取在手中，正待施為，忽聽得有人用本門傳聲之法急呼道：「蟬哥、文姊，千萬不可妄動，妖人是苗疆哈哈老祖，正施『碧焰搜魂』妖法，寶光稍露空隙，便為妖法所趁，千萬小心！」

三人一聽便聽出，那正是李洪口音，奇怪的是，總共才幾句話功夫，聲音時遠時近，聽來竟似相差好幾百里。

三人素知李洪九世修為，年紀雖小，前幾生功力已全恢復，功力極高，隨便說話，語音便可高出九天之上，但這句話中有一兩句，竟也模糊不清，可知魔法實是非同小可。

三人一聽得李洪告誡，那妖苗竟是哈哈老祖，心中又是一凜，知道哈哈老祖是邪派之中，數一數二厲害人物，昔年本門師長曉月禪師，因不忿妙一真人接掌峨嵋，反出師門，便遠走苗疆，拜在哈哈老祖門下。哈哈老祖得道已逾千年，自己若非仗著法寶之力，只怕早遭不幸了。李洪之來，自然是接到了朱文的告急信號而來，只是不知為何聲早傳到，人卻不見？

三人正在焦急，陡然聽得星宿老魔怒吼一聲，雙手向上揚起，大蓬妖霧立時上湧，幾乎在同時，殿堂頂上，一聲巨震，金光萬道，向下射來。

金蟬等三人透過護身寶光和寶光之外的碧焰向上看去，只見在轟然巨響之下，殿堂的頂上，已被震破一個大洞，萬道金光射下，李洪身在佛門至寶「香雲寶蓋」的千道霞光之中，向殿堂之中直衝下來，才一現身，「太乙神雷」已聯珠打下。

殿堂頂上被震破一個大洞之後，仍不見天光，只見上面一片血也似紅的紅色，詭異絕倫。星宿老魔雙手揚起，那一對鐵環重又現出，大蓬黑煙迎著「香雲寶蓋」的寶光，疾裏上去。

金蟬等三人一見李洪，正待全力迎向前去，與之會合一起，怎知黑氣向上一湧，「香雲寶蓋」的光芒立被包沒。眼看黑氣之中，金光亂迸，雷聲喑啞，疾向殿堂南首一扇門中投去，那門內一片漆黑。黑氣裹著金光亂射的「香雲寶蓋」一投進去，便如石沉大海，蹤跡不見，聲息全無！

三人這一驚實是非同小可，連用傳聲相詢，皆無回音，想是傳聲也被魔法隔斷。三人心想：「李洪的功力何等深厚，身邊法寶又多，尚且一來就沒了蹤影，若是本門師兄弟中，功力不濟的前來，豈不是自投虎口？」

正在無法可施之際，只見殿堂之中的陳設，被李洪才一現身之際，一陣「太乙神雷」，震毀了不少，星宿老魔神情陰森，正手執一面妖旛在連連揮動，妖旛揮過，殿頂之外便立時復原。

而哈哈老祖手在身上一拍，寬袍之上所繡的一團雲氣立時飛起，其色深紫，飛起之後，迅即四下擴展，和原來的碧焰一起來攻，三人護身寶光之外的壓力更是沉重無比，同時如同身處烘爐之中一樣，熱不可耐。

朱文告急信號已然發出，除了李洪略一現身便被黑氣捲走之外，更不見有他人來到，更不知是何原因。三人除了苦守之外，也別無他法。朱文的告急信號，瞬息千里，接到信號的人甚多，李洪身邊本沒有告急令牌，是半路途遇寒萼、司徒平夫婦轉告，才知金蟬、朱文、英男三人被困在西崑崙星宿海的魔宮之中，這才趕來。

和李洪一起來的，還有七、八人之多，但只有李洪法寶最為神妙，所以才能衝破禁制，直達魔宮中心殿堂。

在金蟬等三人看來，李洪一到，便被黑氣捲走，不知身落何方，可知魔法厲害，但星宿老魔卻是有苦自知。這時三人所在殿堂，乃是魔宮中心，殿堂中的各種陳設，無一不是魔宮中的至寶。來人若不是老魔撤開魔法禁制，至少要連破十八道魔法禁制，才能到達。而最外層禁制才一報警，老魔還未發動，李洪便自衝進，來勢神速，不可思議，老魔雖仗魔法神妙，用「天星環」將李洪捲走，送往黑地獄中心，心中也是既驚且怒，知道這些少年男女並非易與了。

當朱文告急信號發出之際，最早接到信號的，是寒萼、司徒平夫婦。原來當癩姑回到幻波池之後，轉達了乙休之言，眾同門深覺憂慮，當時英瓊便要化身向西追尋，偏偏幻波池水宮珍藏將要出世，非要英瓊、易靜、癩姑三人同時主持不可，不能抽身。寒萼便自告奮勇，要和司徒平一起前去。

英瓊素知寒萼心傲，她既自動請纓，若不答應，只有心生芥蒂，便答應下來。千叮萬囑，要二人小心在意，見情形不對，便立時告急求救。寒萼表面答應，心中並不以為意，拉了司徒平，晃動「彌塵旛」，一團彩雲，裹了二人，向西便飛。

「彌塵旛」飛行，何等快速，晃眼飛出好幾百里，正在向前飛行間，忽然一個轉折，向左直射過去，似有一股極大的吸力，連人帶旛，齊被吸了過去。寒萼又驚又怒，正待發作，猛地瞥見前面，「神駝」乙休立在一個山峰之上，正在向他們招手，知是乙休法力招來，二人忙收了「彌塵旛」，向乙休行禮。

乙休向二人臉上一看，道：「你們到哪裡去？小癲尼什麼人不好派，為什麼派你們二人？」

寒萼忙道：「不是癲師姊派遣，是我們自己請纓！」

乙休一皺眉，道：「莫將事情看得太容易！若是章狸妖魂逃向西崑崙星宿海魔宮，你們二人去了，只怕討不到好！」

寒萼聞言並不出聲，司徒平忙道：「依乙師伯之見，我們——」語還未了，寒萼向司徒平瞪了一眼，意思怪他膽小。

乙休「呵呵」一笑，道：「只管去，星宿魔宮中黑地獄卻是非同小可，你們二人已喪失真元，到時七情迷魂，一個把持不住，難免一誤再誤，司徒平過來。」

司徒平不知乙休是何用意，但昔年自己和寒萼在藏靈子法術之下，喪失真元，其時乙休一力承擔，自然必有所交代，聞言恭敬走了過去。

司徒平才一來到乙休身前，只見乙休陡地揚起蒲扇般大，紅潤無比的大手，向著司徒平當頭拍下，寒萼在一旁，明知乙休決計不會加害司徒平，但也不禁嚇了一跳，反倒是司徒平，坦然受了一掌。

乙休一掌擊下，司徒平只覺一股熱意，自頂門透體而下，剎那之間，遍歷各處關穴，隨即若無其事。

乙休一掌打下之後，道：「內心七情六欲能否把持得定，一塵不染，全在自身，我只不過替你略擋一陣，你可明白？」

司徒平知道乙休如此囑咐，必具深意，當下恭恭敬敬答了一聲「是」，再抬頭看時，乙休已蹤影不見！寒萼與司徒平再展動「彌塵旛」，向西疾馳而去，暫且不提。

卻說幻波池中，眾人各有職守，正在忙碌，錢萊、火旡害、石完三人，奉命在洞外守護。

三人正在洞外閒談，其中火旡害得道千年，雖與錢萊、石完師兄弟相稱，但二人對他異常尊敬，正在問長問短，石完一眼瞥見一個紅臉駝背老人，自空而降，一時之間，不知是友是敵，最是心急莽撞，揚手一「石火神雷」，便向前打將出去。

等到石完「石火神雷」出手，錢萊和火旡害也已看到來人，錢萊雖未見過，但這形象，一見便知是誰，火旡害更是一看便認出來人，想要阻止，已自不及。連聲呼喝之間，「石火神雷」已打到乙休身前。只見乙休伸手一抓，便將大團雷火抓在手中，掌心中金光亂迸，「石火神雷」轉眼業已消滅無蹤。

錢萊叫道：「石哥哥，這是乙休師伯，你怎可無禮！」

石完一聽，一張醜臉漲得通紅，一時之間僵立不動，不知如何才好。乙休呵呵一笑，還未開口，便見一團慧光自幻波池中飛出。落地現出英瓊，向乙休行禮道：「乙師伯遠來，因幻波池水宮藏珍將要出世，未能遠迎，望乞恕罪！」

乙休向英瓊看了一眼，神情嘉許，道：「你竟將身外化身練成了麼？真是難得。我也不宜久留，只是向你借幾個人用用！」

英瓊忙道：「但憑乙師伯吩咐！」

乙休向火旡害、錢萊、石完三人一指，道：「我要他們三人，跟我去辦一件事！」三人一聽大喜，素知這位老人家，法力無邊，神通廣大，他既指命要自己三人跟他去辦事，必可得極大益處，是以皆面露喜容。石完最是天真，本來還在惶惑不已，此時竟喜得蹦跳起來。

乙休「哼」地一聲，道：「你們三人別太高興了，我要帶你們一起到落伽山黑神嶺去找老怪丌南公的晦氣，弄得不好，中了邪法，毀去道基都有可能，膽子小的，可以不去！」

火旡害笑道：「乙休師伯揀我們三個最好，我們三人別樣本事沒有，就是膽大！」

乙休揚起手來，作要打狀，卻是滿面喜容，道：「你這猴兒口倒乖，我們一老三小，便去叫老怪物頭痛！」說著，又對英瓊道：「水宮藏珍出世，『毒龍丸』我要一顆，助那藏矮子元神凝煉！」

英瓊忙躬身道：「自當遵命！」

乙休袍袖之中也傳來藏靈子的聲音，道：「多謝李道友厚贈！」

李英瓊對藏靈子遭劫一事，也只聽癩姑說起，想起他修道數百年，以一教之主，尚且未能安然避過四九重劫，可知修道人實是一步也錯不得，心中好生警惕。客氣了幾句，乙休袍袖一揚，紅光滿空，已自不見，英瓊向空再拜，也自回幻波池去。

卻說寒萼、司徒平向前疾飛間，斜刺裡一道遁光射來，認出是李洪趕來相見，匆匆說了幾句，便自接到朱文的告急信號，語氣急促，顯見處境極危，三人立時向西急駛間，身邊突然多了一人，回頭一看，卻是笑和尚，本是駕了「無形劍遁」飛駛，到了三人身邊才現身。

又向前飛出不遠，又見幾道遁光，自不同方向射到，全是本門家數，知是同門得了朱文的告急信匆匆趕來，其中一道光芒，銀光瀲灩，耀目生花，光中一個黑衣道姑，正是「女殃神」鄧八姑，另外是凌雲鳳和「南海雙童」甄兌、甄艮。

眾人會合之後，一起向前急飛，七、八道色彩不同的光芒，經天急駛，中間又夾著一團彩雲，去勢快絕，壯觀之極，轉眼之間，已到達西崑崙上空。

一行人中，以鄧八姑見聞最廣，自然行止皆歸她指揮。到了西崑崙上空，只見晴空萬里，下面崇山峻嶺，連綿不絕，其中一峰特高，絲毫不見邪氣，只有峰頂一個平臺，廣可畝許，平臺中心是一隻巨大無比的石鼎，自石鼎之中，有一股灰煙射出，射高十來丈，結成一團灰雲，停在半空中。山上罡風甚勁，但是煙雲卻是紋絲不動。

八姑令眾人暫時停空不動，手指處，「雪魂珠」化為一團銀光，流轉不已，向著石鼎上冒出的那團灰雲冉冉落下。「雪魂珠」所化的那團銀光，皎如皓月，看去落勢並不太急，但威勢極盛，壓得那團灰雲漸漸向下降去，降有丈許，驟然「轟」地一聲巨震，灰雲倏然爆散，迅速展布。

灰雲之中，射出千百團雷火，在半空之中互相撞擊爆裂，驚天動地，被八姑「雪魂珠」所化銀光一捲，悉數消滅。

雷火雖消，灰雲所化灰濛濛一片濃霧，卻迅疾無比散佈開來。眾人停空而立，離平臺還有百十丈高下，轉眼之間，灰霧倒捲上來，竟將眾人一起包沒。那灰霧看來飄飄蕩蕩，一經包圍，重如山嶽，眾人法寶紛紛出手，其中司徒平「烏龍剪」一出，一股墨色龍形光芒直射向前，穿出灰雲之外。

寒萼一見「烏龍剪」奏功，貪功心切，一拉司徒平，便縱遁光向外穿去。八姑修為年久，知道自己這方面雖然人多，但星宿神君魔法非同小可，實不宜輕舉妄動。又知一干同門出道以來，仗著師長愛護，多得奇珍異寶，群邪辟易，幾乎無往而不利，養成了輕敵之念，只怕要吃大虧。正待出聲警告，寒萼和司徒平已然穿進灰雲之中。

八姑一怔之下，待要運用「雪魂珠」反包過來，將眾人護住，凌雲鳳「神禹令」也自出手，只見一蓬濛濛的光華，其疾如矢，激射而出，當時又將灰雲穿破了一個大洞。

八姑忙叫道：「雲鳳師妹且慢！」凌雲鳳「神禹令」一發動，人已縱身而起，在灰雲翻滾之中，飛起而出。

八姑回頭一看，笑和尚蹤影不見，想是已駕「無形劍遁」，追上凌雲鳳，一起衝出。而身旁的李洪，已然放起「香雲寶蓋」，寶光萬道，金光迸射，身在「香雲寶蓋」之上，手指「斷玉鉤」，發出金、紅兩色極強烈的光華，向下猛衝！「香雲寶蓋」寶光所射之處，平臺上的岩石，如雪向火，紛紛成為熔汁，急速旋轉之中，李洪已疾衝而下。

八姑一見這等情勢，忙伸手攔阻待要趁勢而下的甄氏兄弟，急以傳聲叫道：「老魔『黑地獄』多年經營，非同小可，各位同門如被老魔引進其中，千萬鎮定心神，心無旁騖，一切所見，全是幻象，不可妄動，靜以待變！」

八姑傳聲急呼，只聽得李洪和凌雲鳳有回音，李洪只是答應一聲，雲鳳一句話只說了一半，便自沒有聲息，想是已被魔法隔斷。

八姑向甄氏兄弟作一手勢，令二人跟在自己身邊，心意所至，「雪魂珠」已飛回來，銀光將三人護住。八姑自從將雪瑰珠煉成第二元神以來，珠光看來更見祥和，但威力卻只有更強。此際，眼看被「香雲寶蓋」衝開的大洞，已漸漸復合，八姑運用玄功，帶了甄氏兄弟，一起向下沉去。

這時，金蟬、朱文、英男三人，仍在殿堂之上，被哈哈老祖邪法所困。護身寶光之外，水火風雷，次第攻來，聲勢威猛之極，目眩心震，殿堂中的情景，也看不真切，三人得了李洪警告，不敢輕舉妄動，正在勉力支持，忽聽星宿神君一聲厲嘯，說道：「老祖請看，來敵還真不少，那顆『雪魂珠』是亙古至寶，若能得到，元靈與之相合，立成不死之身！」

三人聽得老魔呼喝，向外看去，只見老魔頸際所懸項圈，已然離身飛起，化為丈許方圓大小，懸在半空，中間一片青色，青色之中，只見一團銀光，中間裹著八姑和南海雙童，正在向前急馳，在銀光之外，有八團紅影，正繞著紅光，在星丸跳擲，急速移動。那八團紅影，三人看得十分分明，奇在銀光之中的八姑等三人，恍若無覺。而銀光隨著八團紅影的旋轉，也在盤旋不已，看來八姑等三人也未察覺，以為自己是在一直前飛。

金蟬等三人看了，不禁吃驚，八姑是本門同門之長，功力之高，冠於同儕，修為年久，見多識廣，如何也會為魔法所迷？正在著急，項圈青光之中，景象忽生變化。

只見寒萼、司徒平二人在「彌塵旛」護身之下，司徒平手指一道墨龍形光華，面有驚惶之色，正在向前急衝，在二人身前，是一片暗黃色光芒，阻止了去路。「烏龍剪」攻上去，暗黃色光芒翻湧如潮，只是聚而不散。

殿堂之中，哈哈老祖陡地叫道：「這女子身上帶有天狐寶相夫人內丹，更是有用！」星宿老魔一聲長笑，也未見他有何動作，黃雲之中，倏地射出一蓬金星，來勢快絕，一出現，就化為萬千金絲，將寒萼、司徒平二人裹住。只見二人身不由己，向前投去，前面一扇黑色門戶，倏地打開，二人已被捲進。

金蟬等三人見而心驚，只顧看項圈中所現景象，一時之間，略出了出神，前後只不過一眨眼功夫，英男再回頭間，只見一青一紅，兩圈心形光芒正在迅速遠離，自己和金蟬、朱文二人已被魔焰隔開。英男這一驚，實是非同小可，南明離火劍失於前，金蟬、朱文二人又突然失散，眼看「天心雙環」的光芒，越來越遠，一閃不見，不知被邪法挪移往何處，心神一慌，「五雲神圭」外的壓力陡地加重，心神皆受震盪，心知不妙，忙急鎮定心神，運用玄功，寶光才又恢復強盛。

正在此際，耳際忽聽有人用本門傳聲叫道：「英男師妹，且勿心慌，老魔正在迭施邪法，將各同門一起引起魔教『黑地獄』之中。師妹切記，若是眼前陡地一黑，隨又大放光明，便是己身在『黑地獄』之中。老魔更擅『七情迷魂大法』，以後所見，皆屬幻象，不可受欺！」

英男忙急問「是哪一位師兄」時，只見身外魔光似受了一下排蕩，但卻又不見有人，隨聽哈哈老祖　聲怒喝，和前聞傳音之人，一聲長笑，笑聲自近而遠。英男知必是同門之中的先進，看這情形，所使頗類本門師長東海三仙中，苦行頭陀的獨門「無形劍遁」。

英男人最謹慎，既得警告，便不作他想，在神圭寶光之中，定氣凝神。不一會，忽覺身外魔光一起向前擠來，「五雲神圭」的寶光竟被壓得往裡縮來。陡然之間，一聲巨震，身外魔光忽然消失，眼光突然變得一片漆黑。

英男若非事先已得警告，再也想不到自己絲毫未覺得有任何移動，身已被移進最是惡險陰毒的魔教「黑地獄」之中！眼前一黑之後，突然又大放光明，英男定睛一看，眼前已完全換了一種景象，身在極大的一片綠茵之上。風和日麗，百花雜陳，清溪淙淙，景物清麗之極。時見珍禽異獸，悠然來往，簡直是一片仙境，哪有絲毫戾氣邪煙！

英男心中，不禁大是奇怪，心想：「上次在小寒山，謝家姊妹以法力展示『黑地獄』中情景，絕非如此。莫非如今不是身在『黑地獄』，而是已被適才發話的同門救出險境了麼？」

英男心中只起了這樣的心念，突然看到前面梅花林中，走出一個十五、六歲，唇紅齒白，滿面笑容的小和尚來。

英男一見大喜，剛才聽到傳聲之際，便疑是苦行頭陀門下笑和尚，此際一見是他，更無疑問，忙道：「笑師兄，同來眾同門，也都脫險了麼？」

笑和尚一晃就到了身前，笑道：「老魔不堪一擊，此處是西崑崙魔宮南面山谷，眾同門正在掃蕩魔官，快跟我來！」

英男聞言大喜，手掐法訣，便待將「五雲神圭」的寶光略收，讓笑和尚進來，一起前往。正在法訣將施未施之際，陡地一眼瞥見笑和尚雖然近來，但還在「五雲神圭」寶光之外丈許遠近，而且望著神圭所發的綠色寶光，雖然面帶笑容，卻又有一絲驚懼之色。

英男突然心中一動，法訣掐而不施，道：「笑師兄怎麼不來會合？」

笑和尚道：「師妹先收神圭，我用『無形劍遁』相送！」

英男心中既已起疑，畢竟根骨深厚，命不該絕，略一思索，更覺形跡可疑，心中一凜，更生警惕，表面答應，暗中施為，將手一揚，「五雲神圭」的寶光之中出現一道空隙，只聽笑和尚一聲歡嘯，縱身便穿射進來。

英男早有準備，笑和尚的來勢雖快，一進寶光之中，英男一運玄功，「五雲神圭」寶光陡地加強，空隙不見，笑和尚全身皆為寶光包沒。只見笑和尚神色大變，厲聲叱道：「師妹你幹什麼？」

英男早已打定主意，豁出得罪同門師兄，也要小心從事。再說「五雲神圭」乃前古奇珍，雖未能和自己元靈相合，但這類前古奇珍，專誅妖邪，即使是笑和尚冷不防被困在內，至多受一場虛驚，不致受傷。此時一看笑和尚惶急之狀，心頭更是雪亮，立時叱道：「是何妖物，敢來惑人？」

英男喝聲未了，寶光中的笑和尚陡地發出一聲厲嘯，一片血紅色光芒迸射，身已化為一個巨大無匹神魔的影子，在寶光之中，往來衝突起來。

英男一見果然是神魔所化，想起剛才若是一時不慎，將神魔放進，此際已是神魔附身之禍，真有點不寒而慄，忙將手一指，神圭之中，飛起一條形如穿山甲，腹有十八爪的綠影，射出十八股墨綠色光華，將那條魔影緊緊抱住。

魔影一被抱住，所發出的厲嘯聲，更是令人聽了心神旌搖。英男有了這次教訓，索性不聞不問，自顧自在寶光護身之下，打起坐來，漸漸返元歸真，「五雲神圭」的寶光越來越純，綠影之中，更射出萬千亮著銀電的光針，向被困神魔環攻，魔影越來越淡，終於化成一片白煙，消失無蹤，英男不但未曾受損，反倒格外小心謹慎。

英男一被挪進「黑地獄」，便幾乎上當，隨著心念所至，神魔幻化笑和尚前來侵害不成，度過一次險厄。至於其餘各人，遭遇又自不同。

當李洪藉著「香雲寶蓋」之勢，衝進魔宮大殿之際，只看了金蟬等三人一眼，便身不由自主，直向「黑地獄」中投去。李洪九世修為，前生靈智，在天蒙禪師佛法之下，早已恢復，眼前一黑之後，心知已身在險地，忙先將「斷玉鉤」收了回來，金紅二色光芒，環繞全身，再加上「香雲寶蓋」的萬道金光，將身護住，以為已處於不敗之地，及至眼前重放光明，所見卻和英男不一樣，身落在一個極大的花林之中，林中花樹，高可十丈，枝葉婆娑，斗大的花朵，滿樹皆是，豔麗絕倫，遠處林木掩映之中，隱見亭臺樓閣，壯麗絕倫，金碧輝煌，氣象萬千。

李洪見四周靜蕩蕩地，連用傳聲，一絲回音也沒有，心知身在險地，危機四伏，但像這樣一點動靜也沒有，不免令人氣悶。略一停頓，飛向大叢花樹之中，「香雲寶蓋」金芒過處，大批參天古樹整排倒下。李洪意猶未足，向著一座高樓，直飛過去。

「香雲寶蓋」乃佛門至寶，威力極大。李洪一到魔宮，便能在剎那之間，衝破魔宮之上一十八重禁制，威力可想而知。老魔自知魔法難破，早已設下埋伏，李洪若是一進「黑地獄」，便靜候待變，原可無事。這時向前一衝，恰好中了老魔奸計。

當李洪連人帶寶，向前疾衝之際，走勢極猛，眼見金芒強盛，所過之處，樓宇紛紛倒坍，直衝到主樓之前，原來二十來丈高的樓房，倏地往上漲高，轉眼之間巨大無匹，李洪連人帶寶，竟從一扇門中直衝了進去。

李洪一見樓房未曾倒坍，心中已然一凜。但前衝之勢太急，及至穿門而入，四外血雲如潮，已然一起湧到，眼前立時變成一片深紅。

那血雲其色鮮紅，像是其大無比的一團血肉，隨時會有鮮血滴下一樣，令人看了，心頭有說不出的厭煩。

而且，李洪身有前古奇珍「斷玉鉤」和佛門至寶「香雲寶蓋」護身，鼻端竟會有一股極濃的血腥味，令人欲嘔！

其實，李洪此際身在至寶護身之下，魔法本難侵入，只是雙目所見，既是滿空血雲，目所見化為意，意念所及，鼻端自然而然生出血腥味來，這也正是七情迷魂魔法厲害之處，一意生，百意動，無休無止，除非真能一念不生，魔法才無所施其技。

李洪心頭厭煩，鼻端的血腥味也越來越濃，室外的血雲之中，時見鮮紅欲滴的血影穿梭來往，有的作勢欲撲，有的發出慘厲之極的叫聲，令人心悸魂顫。李洪連運玄功，連人帶寶，只管向前急速飛駛，但血雲始終包圍在外。而且一任加強寶光，至多只能將血雲蕩開丈許，並無用處。反倒那些鮮紅欲滴的血影，為寶光所射，有的厲嘯慘叫，有的血影迸裂，化為萬千股血箭，向前射來，聲勢更是猛惡。

李洪連經施為，均無用處，一賭氣不再理會，閉上雙目，就在「香雲寶蓋」之上打起坐來。不消片刻，鼻端血腥味便已淡退，但只要一睜眼，立時又恢復原狀。連經幾次，終於悟出其中道理，靜心澄慮，澄明空靈，頭頂之上，又飛起一朵金蓮，金色光芒映得血雲翻滾，李洪滿面笑容，安然而坐，連主持魔法的星宿神魔見了，也不禁暗自感嘆！

金蟬和朱文二人，和英男一樣，是在專注老魔項圈內所現景象時，心神略分，被老魔施展陰陽挪移大法，移往黑地獄。

當時，英男看到二人的「天心雙環」所發寶光，越來越遠，轉眼投入其黑若漆的門戶之中不見，二人所見情形，也正相同，只見英男的圭形寶光越來越遠，投進黑門之中，卻不知自身已被移進黑地獄中，及至眼前一黑，又復明亮，只見前面一座老大的白玉坊，上面金光閃閃四個大字：「光明大境」，氣象萬千，簡直就是紫府仙境一樣！

金蟬、朱文二人見了，心中大奇。金蟬連運慧目法眼，想看玉坊後面的情景，但一任用盡目力，始終只見白霧滾滾，不見景物！

朱文道：「這是什麼所在？」

金蟬皺眉道：「照說老魔一定會將我們困入『黑地獄』之中。照小寒山謝家姊妹所說，魔教『黑地獄』中，終年漆黑，只有教祖長眉真人，以玄門無上法力通行過一次，使『黑地獄』大放光明，如今這玉坊上大放光明天境，卻是何意？」

魔教黑地獄中情景，謝氏姊妹秉小寒山神尼忍大師意志，以佛門妙法重現給金蟬、朱文、英男三人小試，用意本是不錯。但以小寒山神尼之能，也未能推算出自昔年長眉真人，以玄門至高無上的法力通行黑地獄之後，黑地獄已起了變化。

第八回 地獄魔法 陰陽主魔

當時，長眉真人曾留下偈言，說正教當興，魔邪當滅，「黑地獄」雖然厲害，必有人前來破法。這番偈言，傳入魔教三個閉關已有千年的長老耳中，三大長老重煉魔法，改造「黑地獄」，使得「黑地獄」中一切改觀。同時更不惜耗費心血，施展至高無上的魔法，顛倒陰陽，混淆因果，令得任何人皆無法推算。以致連神尼忍大師這樣已參佛門真諦的高人，也只知前因，不知後果。

這情形和綠袍老祖被困生死明滅陣中，同樣施展魔法，顛倒陰陽，匿身地胇之中，而令得當時主持陣法的三仙二老，俱被瞞過，其理相同。道高一尺，魔高一丈，魔法自有獨到之處，不然又何以能數千年相傳？

這三個閉關千年的魔教長老，在魔教中地位極高，魔法更是驚人。當時鳩婆被趙長素和妖婦逼得走投無路，只遇到了其中一個，賜以一冊魔經，便可以開創宗教，身為一教之主。經過三個魔教長老改造的「黑地獄」，內中危機比當年長眉真人通行之際，又不知厲害多少！

當下金蟬、朱文不明其理，朱文首先用「天遁鏡」開路，強行衝過白玉坊去，金蟬搖頭道：「我們有『天心雙環』護身，萬邪不侵，『天遁鏡』光射出之際，難免有一絲空隙，若被邪法趁機攻入，卻是不妙！」

朱文和金蟬本是三生情侶，雖然時有口角，不過是小兒女作嬉。但此際不知怎的，一聽金蟬這樣說法，心中陡地生怒，道：「照你說來，我們就這樣守著不動麼？」

金蟬聞言，向朱文一看，心中不禁一驚。只見她俏臉通紅，嗔怒非常，一雙妙目，大有咄咄逼人之勢，絕非以前自己言語之間或有得罪，輕嗔薄怒神氣。忙道：「文姊別發怒，當然不能靜守不動，不如一起運用玄功，用『天心雙環』衝進去如何？」

朱文雖覺金蟬所說有理，終是心氣難平，聞言瞪了金蟬一眼，略點了點頭。二人同運玄功，雙環寶光縮小，但更精純，一起向白玉坊之中衝去。出乎意料之外，竟絲毫未遇阻力，一衝便進入白霧之中。

一衝進白霧之中，飛行了好一會，白霧翻滾，老是飛不出去，朱文一面加功施為，一面不住呼喝。金蟬看出朱文大失常態，心中焦急。這一來，朱文是一上來便為嗔念所誤，金蟬對心上人過於關切，自然也不免心意不定，兩人在不知不覺之中，都中了魔法。

二人又行了片刻，忽見前面白霧豁然散開，一朵豔紅色的雲彩冉冉飛來，仙樂隱聞，在粉紅色的雲團之上，只見一雙雙俊男美女，曼歌妙舞，互相摟抱親熱，透著雲團豔麗色彩，更是好看已極。

金蟬看了，不禁失笑，道：「我還當星宿老魔有什麼過人之長，原來也還是這些汙人耳目的伎倆！」

朱文道：「我早叫你下手，偏是你小心！」

二人說話之間，粉紅色雲團之上的一雙俊男美女，身子一轉，立時全身赤裸，一時之間，妙相畢呈，樂音更是細柔，隱聞呻吟喘息之聲。這時連金蟬也覺這類邪法太過汙目，朱文再也忍不住，「天遁鏡」首先發動，百十丈金光疾射而出。還唯恐不能奏功，竟將「乾天一元霹靂子」，連夾了三枚在金光之中，向前射去！

只見三粒豆大紫光，夾雜在金光之中，向前射去，震天價連響三下，巨震過處，紫炎流竄，眼前雲團倏然震散之際，有百十條魔鬼影子一閃，連同慘嗥之聲，同時消滅！

朱文、金蟬同時眼前突然一暗，「天遁鏡」的光芒也射不多遠，身外重滯無比，已不能隨意飛行。

金蟬正在盤算後策，已聽朱文喜道：「一樣被困，這樣多好！好歹也殺他幾個妖魔出氣！」

金蟬向朱文看去，只見她眉梢帶喜，櫻口微彎，顯見得心中極是高興，和剛才嗔怒神情大不相同。金蟬不知由嗔轉喜，中魔又深一層，為了湊趣，道：「霹靂子連發三粒，自然妖魔辟易，唯我獨尊了！」

朱文笑而不語，神態動人，金蟬心中忽然一蕩，伸手去捏朱文的纖手，兩人手指才一接觸，金蟬陡地一凜，忙不迭縮回手來。朱文卻妙目流盼，絲毫也沒有怒意，反倒有幽怨之色，似怪金蟬不該縮手！

朱文和金蟬雖是三生情侶，但對金蟬，一向少假辭色，似這樣神情，從未見過，一時之間，金蟬心中又懼又喜，喜的是心上人不怪自己輕薄，顯見得對自己已大有情意。懼的是此時此地，身在危境之中，何以竟會樂而忘憂，莫非已中了魔法暗算？

金蟬一念及此，心頭大震，忙轉過頭去，不看朱文，心靈大受震盪，心旌搖搖，連想講幾句話，轉移朱文注意，都想不出來。勉力定了定神，才道：「文姊，英男師妹不知如今怎麼樣了？」

朱文聞言，向金蟬一看，見金蟬並不眼望自己，並離開了自己幾尺，心中也自一凜，忙收攝心神，還未曾回答，忽聞英男呼叱之聲自遠傳來。

朱文忙向前看去，只見英男身在「五雲神圭」寶光之中，寶光正盛，毫無敗象，在神圭寶光之前，一道紅色劍光正在緩緩飛來，像是有極大的阻滯之力，英男正在連聲呼喝，手掐劍訣，正在運用玄功，強收寶劍。

朱文心念所及，英男便立時在眼前出現，以朱文、金蟬兩人的修為而論，本應心中起疑。但是星宿神君的魔法十分厲害。若是幻象出現，英男處境危殆，則二人定會心中起疑。但此際英男分明佔上風，眼看可以將失去的南明離火劍收回，二人都代她歡喜，絕未有半絲疑惑之意，反倒因為英男失劍，是由自己而起，想趕上去相助。

二人還未發動，只見在南明離火劍之後，有一個極淡的魔鬼影子窺伺，而英男彷彿全然未見，在爭持不下之際，身已漸離神圭寶光之外，那魔鬼影子，一見英男離開神圭寶光，陡地向前撲去！金蟬、朱文二人見到這樣情形，英男若被神魔撲中，非死即傷，同門關心，失劍又是因自己而起。雙雙一聲大喝，一起身劍合一，向外飛出。

二人才一飛起，眼前陡地一黑，英男和魔影盡皆不見，同時一股涼意襲上心來。金蟬和朱文均是累生修為，立即知道上當，所見全是幻影，自己為魔法所迷，身陷險境，立時運用玄功相抗之際，已自不及，陰魔襲上身來，所有法力，盡皆失效，身子雙雙墜下，身外有一層血也似紅的魔影籠罩，神志已然昏迷。

這時，金蟬和朱文二人，只要下墮丈許，等下面的另兩個陰魔趕上來相合。魔法發動，二人便任由魔法指揮，倒行逆施，無所不為了。也就在這時，只見已經無人主持的「天心雙環」，倏地化為一青一紅兩股光華，向金蟬、朱文疾射而出，直射二人心口，穿透二人身外魔光，射進二人體內，緊接著，紅光青光突然透體而出，只是極薄的一層，但是光芒精純無匹。才一透體而出，便將身上原來的血紅魔影撐開。

也就在這時，下面黑暗之中，又有兩條魔影撲將上來，和原來的魔影會合，血光更濃，魔影之中，更發出淒厲已極的叫聲。金蟬、朱文二人的身子似在下墜，又有一面六角形的令牌飛起，二人身子連魔影，全被吸進令牌之中，縮得極小。令牌之上，還有不少魔影，閃動飛舞。金蟬、朱文二人身上那一層青光、一層紅光看來極薄，但光芒始終不滅，而且越來越精純。

二人一中魔法暗算，本來萬無倖理，幸而「天心雙環」前古奇珍，威力極強。朱文、金蟬二人又和雙環原主人古仙人有極深的淵源，在二人危急之際，自知發揮作用，先護得二人之靈，寶光再透體而出，將二人護住。二人雖然昏迷不醒，但卻不致有進一步的危害了。

這時，星宿神魔正在主持整個魔宮的禁制埋伏，大堂正中，已緩緩升起一根丈許方圓，只有兩尺高下的黑石柱，石柱之上，光華變幻，靈氣翻舞，魔宮各處埋伏禁制，和「黑地獄」中的情景，一覽無遺。老魔初見英男快要上當，忽然神圭光芒大盛，安然度過危機。見李洪周身光芒迸射，除非自己陰陽十八魔主魔煉成，還可一試，否則萬無敗理。繼見朱文、金蟬二人，為幻象所迷，眼看已中魔法，「天心雙環」忽生妙用，又將二人護住，雖然昏迷，想要神魔吸取二人元靈，也是不能。

老魔人極陰蟄，深知這些人來到，後援極強，自己雖有哈哈老祖為助，若將幾個前輩人物引來，或是將幾個佛門高手驚動，自己祭煉的十八天魔陰陽主魔，需要耗費四十九日時間，在未曾煉成之前，雖仗地利，只怕也難抵擋！

老魔一想及此，對身邊哈哈老祖一打手勢，道：「老祖，請代我主持總圖，我去去就來！」哈哈老祖點頭答應。

老魔化為一縷極細的黑影，勁疾如矢，一閃不見。離開大堂，一面行法將李洪衝破的十八層禁制埋伏一起恢復。等出了魔宮，來到峰頂之上，所化黑氣，滿空飛舞。一個盤旋過處，只聽得「轟」地一聲巨響，整個中雜閃閃金星的峰頂黑石平臺，突然向上騰起，化為一片其大無比、夾雜億萬金星閃爍的黑雲，將整個山峰盡皆罩住。

老魔所化黑氣，又在黑雲之上，電也似疾盤旋飛舞一遭，穿雲而下。就在老魔穿雲而下之際，自南方、東南方卻有幾道極強烈的寶光電射而來。老魔心知那是峨嵋來援，老魔也不轉身迎敵，逕闖魔宮。那幾道遁光來勢也真快，黑雲之上立時有雷震之聲傳來，顯是來人已在發動攻勢，但是黑雲卻絲毫無損。

先前，朱文、金蟬、英男先來，八姑等眾人隨後趕到，均曾見峰頂之上，那廣可十畝的黑色石平臺，但是卻想不到，整個平臺，本是兩天交界之上的一顆星辰，殞落在西崑崙上，被老魔發現。

老魔在初發現之際，還只想取其精英，煉上幾口利劍。後來卻發現整顆星的本質，固然是西方太白庚星的精英，而中雜那億萬點金星，更具有一種極強的吸纏之力。老魔花了近百年功夫，以魔法祭煉，已煉得可將其中金星化為億萬金絲，由心運用，並將獨門陰雷附在其上，威力更大，但是用盡方法，卻無法將之縮小，只能使之化為更大的一張魔網，用來防敵，功效極強。老魔知道來人法力再高，也難以攻進，所以放心回宮。

星宿神君在魔宮中所設的各處埋伏禁制，經過他多年來的佈置，已皆與他心靈相合。「黑地獄」中的幾處重要地方，老魔更有元神化身附在其上，增加凶威，實是厲害無比。此際老魔已知除了被困在「黑地獄」的諸人之外，另有敵人侵入，並還覺出來人有一批，正自山腹之中攻進。回到大堂之後，現出身形，神情陰森，連聲冷笑，袖袍揚處，一根梭形黃色光芒，立時穿地而下，無聲無息。

這時，由山腹之中進攻的是鄧八姑和南海雙童，甄兌、甄艮本長於地行，穿山透石如行平地，八姑的「雪魂珠」更是厲害，任何堅硬的山石，被「雪魂珠」的銀光照處，立時如雪之向火，紛紛崩坍。三人各展功力，轉眼之間，已然穿進山腹之中。

八姑向雙童一打手勢，雙童會意，三人一起改向上升去，準備自魔宮底下，直攻上去。三人向上升才十來丈，陡見一溜黃色的梭形光芒，穿破山石，疾射而下。三人本全在「雪魂珠」的銀光籠罩之下，八姑人極自負，「雪魂珠」又是亙古至寶，只當那是魔宮下面的邪法埋伏，並未放在心上。

三人上升之勢急驟，梭形黃光下射之勢也快，才一入眼，便與銀光接觸，八姑正想將「雪魂珠」銀光放大，去消滅那溜黃光，忽聽一聲悶啞的爆炸之聲，黃光陡地爆發。奇的是黃光爆散之後，並不向三人攻來，反倒上下四面，向山石射去，轉眼之間，大片黃雲都滲入山石之中。

黃光不見之後，八姑三人已覺得上升之勢阻滯了許多，八姑心中一凜，將手一指，「雪魂珠」的銀光，陡地射出一股，向前射去。若照往常情形，「雪魂珠」的銀光若是激射向前，雖是千百丈厚的山石，也立時可以射進。但此際銀光才一射出，又是轟然一聲巨響，就像整個山腹之中本是洪爐，那股銀光，恰好將之點燃一樣。

一聲巨響之後，護身銀光之外，立時成了一片暗紅，同時三人雖然身在「雪魂珠」所化銀光之內，只覺四外壓力，奇重無比。甄兌、甄艮大吃一驚，忙向八姑看去，八姑日中精光迸射，看得出也在全力施為。二人本唯八姑馬首是瞻，此際八姑竟未能分神和二人說話，只是略作手勢，令二人守定心神。

就在二人這一回顧之間，銀光外的暗紅色已在迅速轉變，由暗紅而亮紅，既而變成耀目生花的黃色，顏色還在變淡，隨之壓力也越來越大。轉眼之間，已成了一片耀眼的青白色，同時轟轟發發之聲，震人心弦。二童早已看出不妙，但也直到此際，才看出自從黃雲一閃，滲入石縫之後，整個山腹之中的山石全都成了熔汁，而溶汁自暗紅而到青白，到自己已身陷在整座山腹所化的岩石熔汁之中！

二人雖看出身處險境，心中並不驚慌，並且對八姑更是佩服。心想：「此際護身寶光之外的岩石溶汁，熱度何等厲害，只怕飛劍放出去，也立時被熔成鐵汁而化了。但是身在『雪魂珠』之內，卻絲毫也不覺得熱。可知亙古冰雪之英所化的『雪魂珠』真是非同小可。」

只見八姑連施法訣，「雪魂珠」所化的銀光，正在緩緩向上升去，又上升了三、五丈，上面岩石熔汁之中，大團碧火爆炸，力道極強。每一團碧火爆炸，非但不能上升，反倒被爆炸之力壓得向下墜落。

八姑見此情形，苦笑一下，道：「老魔果非普通妖邪，竟將整座山腹用魔法化成熔岩。二位師弟千萬不要妄動，靜以觀變。」

雙童連連點頭，八姑盤腿而坐，閉上雙目。雙童知道八姑正在全力以赴，若非「雪魂珠」是至寒之寶，恰是其熱無比的岩石熔汁剋星，如今已不知是什麼局面了。

在大堂之上的老魔，明知自己「化岩魔梭」一發，除非敵人深知此寶來歷，在魔梭未化為大片黃雲之前，立時見機騰走之外，必在片刻之間，被魔法催動岩石所化的熔汁困住無疑。老魔心中也是既驚且喜，因為敵人雖被困住，但「雪魂珠」已和來人元靈相合，生性相剋，雖然被困，卻難以消滅。

若是要另施魔法，再將地底之下的陰火勾動，上下夾攻，就算可以消滅敵人，「雪魂珠」也必與敵人同歸於盡。而且整座山峰，也必盡毀，多年經營的魔宮也要陪送，當然不值。所以投鼠忌器，未曾進一步發動。這一來，只便宜了八姑等三人，能暫時困守，以待出路。

老魔在發出神梭之後，到總圖前略略一看，便道：「老祖，不論其上發生任何變化，皆可置之不理。我已在魔宮之上放起『天星魔網』，中有億萬吸宇金星，來敵再多，也必難進。我去祭煉陰陽主魔，等主魔煉成，索性開放魔網，令陰陽十八天魔飽啖敵人生魂，你我再擇肥而噬。那些奇珍異寶，任何一件，皆可為我所用了！」

哈哈老祖笑道：「任憑神君差遣！」

老魔一聲狂嘯，意態甚豪，身又化為一溜黑煙，直向大堂上射去，一閃不見。同時，東、西兩角所懸的三角形令牌，也由黑煙簇擁飛起，一閃不見。

這時，攻入魔宮的眾人，不是被困在山腹之中，便是被魔法移向「黑地獄」之中，只有笑和尚一人，始終仗著「無形劍遁」，伺伏在魔宮大堂之中。東海三仙之一苦行頭陀的「無形劍遁」，果和尋常隱形不同。以老魔和哈哈老祖邪法之高，尋常隱形再神妙，也必然瞞不過去。「無形劍遁」由佛法煉成，人劍皆無，毫無形跡，只要小心，不觸動埋伏，絕無任何形跡可尋。

笑和尚也在總圖之上看出眾同門紛紛被困，心中焦急，自知難敵，只要一露形跡，一樣要為魔法所困。他自東海面壁十九年後，功力大進，行事也穩重得多，並不妄動。及見星宿神君要去以魔法煉陰陽十八天魔的主魔，雖對陰陽十八天魔的底細，所知不是太多，但聽老魔口氣，陰陽主魔若是煉成，竟可以開放魔網，大開殺戒，厲害可知。眼看老魔化為一溜黑煙穿頂而上，兩面令牌也隨之而上，立時一縱身，緊隨在兩面令牌之後，向上遁去。一閃穿過堂頂，眼前一花，黑雲飆旋之中，身已落在一個極大的石室之中。

笑和尚心知已來到魔宮腹地，更是不敢大意，貼著石壁而立。只見老魔也已現身，那兩面令牌，各懸在他的面前，老魔先伸手在地上一指，石室地上，立時陷下一洞，看去深不可測。

洞中有一陣「軋軋」聲傳出，轉眼之間，兩具極長大的骷髏，各由一團黑氣托著，緩緩升上來，地洞隨即平復。

笑和尚看那兩具骷髏時，極其長大，每具皆在一丈五六上下，白骨嶙峋，隱泛異光，一望而知是前古遺骸，已在地底不知多少年，不知老魔從何處覓來。若是鳩盤婆和章狸的妖魂附身其上，自然凶威更甚！

笑和尚心想出其不意，用「太乙神雷」將這兩具骷髏震散，但又知只要一發動，形跡必被老魔發現，若是再被老魔挪入「黑地獄」之中，反倒難探魔宮虛實，心中略一猶豫間，眼前情形又起了變化。

只見老魔一揚手，托住骷髏上來的兩團黑雲，已然反折上來，將兩具骷髏一起裹住。笑和尚這一猶豫，已失去了一出手便震碎兩具骷髏的機會。同時，老魔手在胸口所懸的一面令牌一按，自令牌之上，射出兩股碧光，分射入高懸半空的令牌之中。令牌之中，立時傳來鳩盤婆和章狸的淒厲叫聲。

老魔雙眉向上一揚，怒喝道：「剛才已然講好，莫非又想臨陣退縮麼？這兩具骸骨是軒轅老祖所贈，得自蚩尤墓中，數千年來吸收地底陰寒之氣，本已通靈，為我魔法所制，看來才如死物。你們元靈與之相合，再經我魔法祭煉，威力立時大增，除了必須聽命於我之外，本身仍具極大神通，何樂不為？」

老魔一面說，一面兩股碧光已射進令牌之中，並且立時回收，只見碧光回收之際，章狸妖魂所化的一團紫雲，和鳩盤婆妖魂的黑煙，被碧光硬拖出來，還在不斷掙扎厲嘯。老魔神情更怒，一聲大喝，雙手齊揚，十指指尖之上，又各有一股黃光射出，將二人妖魂緊緊裹住，向兩具骷髏壓去。同時，老魔腰際所懸，一柄長才三寸，精光四射的小刀，突然飛起，快絕無倫，飛向章狸妖魂所化的紫雲之中，疾刺了一下，立時飛回。

章狸的妖魂發出一聲慘嗥，接著便是一陣嗚咽之聲，看來這一刀之刺，受創不輕，已不敢再行掙扎。老魔冷笑一聲，再向鳩盤婆妖魂望去，冷冷道：「你不比人家，本來九個元神，已去其八，只剩主魂，由我收來，經不起『誅魂刀』一斬之威了！」

鳩盤婆妖魂本來還在掙扎，老魔話才出口，便自靜止不動。老魔也不收回「誅魂刀」來，只是押著妖魂，緩緩下降，落到兩具骷髏之上，由黑雲之中透進，來到骷髏頂門附近，大喝一聲，一張口，一口鮮血疾噴出來，化為兩股，包住妖魂，立時直透進骷髏頂門之中不見。

鳩盤婆和章狸的妖魂，才一透進骷髏之中，骷髏的頂門之上，便各飛起一個高不滿一尺，血也似紅的魔影，才一升起，便一閃不見。

笑和尚在一旁窺視，心知那兩條魔影，是星宿神君的心血所化。老魔為了怕章狸和鳩盤婆所化的神魔不就範，竟不惜運用至高無上，「滴血化魔」之法，以本身心血化為陰魔去剋制妖魂。這一來，妖魂固然為陰魔所制，無法再行反抗，但老魔心血已與之相合，冉難分離，他日若是陰陽主魔被人消滅，老魔元靈必然大受損害。這種魔法，若不是對自己所煉神魔有極度把握，老魔也未必肯使。

老魔將鳩盤婆和章狸的妖魂附進骷髏之後，便在骷髏前坐了下來，雙手俱掐魔訣，身上冒起一股極濃的黃氣，連自身帶骷髏盡皆罩住。笑和尚雖然運用慧目，也無法透視。

老魔的護身黑氣，濃煙如膠，蓬勃外揚，晃眼之間，便要佈滿整間石室。笑和尚見勢不佳，若是黑雲湧上身，形跡非被發現不可。趁著石室之中還有一些空隙未被黑雲佈滿，忙縱劍光穿壁而出。

笑和尚進來時，乃緊隨在兩面令牌之後，趁老魔開放禁法之際混進來，進得太容易了一點，沒想到這間石室，是老魔祭煉神魔之所，禁制埋伏，何等嚴密，這一想穿壁而出，老魔立時警覺。

笑和尚才一穿向石壁，便聽得黑雲之中，老魔發出一陣怒喝聲，緊接著，一股寒意陡然襲來。笑和尚身劍合一，所使正是「無形劍遁」，寒意襲到，也不禁機伶伶打了一個寒戰，心靈大受震動，知道厲害，一面鎮定心神，一面加急前馳。

老魔發覺竟有敵人就在自己身側，也是又驚又怒，是以一上來就用了「冷燄吸魂」之法。本來只要來人一感到身有寒意，便自昏迷，萬沒想到敵人竟仍向前馳去，這一驚也是非同小可，偏生又是祭煉神魔吃緊關頭，無法分身去追，原有禁制，只怕困不住來人，空自焦急暴怒，無法可施。

笑和尚向前急馳間，連闖過了七道埋伏，「無形劍遁」神妙無方，埋伏並阻他不住。可是笑和尚每次回頭，只見身後一條魔影，張牙舞爪，老是貼身跟在身後，不論自己如何向前急馳，總是不能擺脫，心下也不禁駭然，知道形跡已現，魔宮之中，不能久待，便索性向上衝去。

及至衝出魔宮，抬頭一看，只見上空黑雲滿布，金星亂閃，連向上衝幾次，皆未能衝出。隱聞雲上霹靂之聲不絕，有人在攻打魔網，但是不能上去會合。而身後的魔影，又不論用什麼方法都難以擺脫，幾次用佛門金剛掌打去，魔影都是隨散又聚，不能消滅。笑和尚不知「冷燄吸魂」魔法一展動，只要心有寒意，已受魔法感應，魔影也就若虛若實，如真似幻緊隨不捨，任何法寶飛劍，皆不能去，只有運用玄功，靜坐凝神，將心頭魔念澄清，魔影才自然消失。

當下笑和尚無法可施，幸而「無形劍遁」奇妙無比，魔影暫時也襲不上身，只好在山峰上下飛馳，找了一處妥當地方，暫時停身，心神煩躁不寧之極，自二次出山以來，從來也未曾有過這等情形。每當心頭煩躁越甚之際，魔影也必然越濃，勉力鎮定之後，魔影也就漸漸變淡，只好在峰上山凹之中和魔影對峙。

且說哈哈老祖和星宿神君合謀，老魔肯將魔宮總圖交給他主持，以示並無任何異議。但兩人都是老奸巨猾，焉有真正肝膽相照之理。哈哈老祖聽老魔臨走之際，囑咐他不論總圖之上，有何變化皆可置之不理，心中便自起疑，心知定是老魔藏私，不令知道總圖妙用。老魔一走，便自凝神細望。

哈哈老祖邪法神通，也自非同小可，細觀總圖，只覺那高不滿三尺的六角形石柱，看去竟像不知有多麼深，黑石之上的寶光，都細才如線，人影隱約可辨，也不過寸許大小。時見金星略閃，想來定是被困各人，正在使用法寶神雷。哈哈老祖見了，也不禁自嘆不如。

他仔細觀看，只見黑地獄一角，一男一女，已摟抱在一起，看來像是已被魔法感應，正情燄高熾，不能自制神情。但忽然男的一個身上，全身紅光迸射，竟將女的一個彈開。女的一個還在向前猛撲，男的也向女的迎去，只是身上所發紅光將之隔開。

哈哈老祖又看出，女的一個身上另有一團紅光隱隱，正是天狐「寶相夫人」秦珊的內丹。天狐寶相夫人得道三千年，內丹的威力之大，非同凡響。

被圍眾人的奇珍異寶雖多，但大都是前古奇珍，就算到手之後，要據為己有，必定大費手腳，還不一定可以保得往。唯獨寶相夫人內丹，若得到手，立時可以運用邪法，使本身元神與之相合，成為威力極其強大的元神化身！哈哈老祖心念電轉，心中不禁起了貪念。

哈哈老祖一念之貪，沒想到卻便宜了寒萼和司徒平二人。

二人一被魔法移進黑地獄之中，處境和別人又自不同，二人當年，曾在藏靈子法力之下，喪失真元，根基本就比他人差，一進黑地獄不久，意念雜生，魔法便已侵入。寒萼星眸含春，向司徒平懷中投來。司徒平也只覺心神搖旌，不能自制。

二人此際，皆是一般心意，心想反正真元已失，就算再歡合也是一樣，更是百無顧忌，眼看只要再一迷糊，魔火焚身，立時身化灰燼，形神皆滅。乙休拍入司徒平身內的一道靈符，也自此時起了妙用，化為紅光將司徒平全身盡皆護住。

寒萼正在和心上人依偎擁抱，紅光一閃，猛覺奇熱灼體，一股大力推來，將她推開了一步，定睛一看，只見司徒平全身紅光迸射，熾熱無比，幾次想要撲上去，皆被擋退，又驚又急，叫道：「平哥，你負心了嗎？」

司徒平不是不想和寒萼親近，只是苦於身外紅光是乙休靈符所化，不能主宰，看到寒萼滿面幽怨，雙目含淚，楚楚可憐的神情，恨不得能將身外紅光驅走，才感快意。二人入魔已深，本來必無倖理，偏巧哈哈老祖看出寒萼身帶寶相夫人內丹，起了貪念，星宿神君又教過他控制總圖，出入方法。

當下哈哈老祖看到二人入魔已深，以為可以手到成功，一時之間，未曾深察司徒平身外紅光的來歷。按照老魔所傳，滴血化身，只見一溜紅光投入總圖之上，直撲司徒平和寒萼二人身後。二人對於強敵之來，全然不覺。哈哈老祖化身，已到寒萼身邊，正待行法將寒萼自黑地獄中攝出，為所欲為。邪法發動，轟然一聲響，司徒平身外紅光，突然化為一蓬烈焰飛起，向哈哈老祖化身當頭罩下，疾逾閃電。

哈哈老祖邪法再高，也想不到對方在這樣情形下，還能對付自己，烈焰才一罩下，那一滴與他本身元靈相合的心血，立時化為幾絲血煙，消滅無蹤。

這類滴血化身邪法，可以憑着本身心元，附上元靈，邪法高強的，可以化身千百。但每一個化身，皆與本身元靈相合，化身一經消滅，心靈大受震動，元氣也必大受損耗。哈哈老祖寶物未曾到手，先吃了一個大虧，又驚又怒。

司徒平護身紅光炸開之後，和寒萼之間，再無阻隔，二人一起歡嘯一聲，立時又擁在一起。眼看轉眼之間，在魔法主宰之下，便要骨銷魂散，陡地斜刺裡，一股青濛濛的光氣直射過來。

那股光氣看起來並不強烈，但是一射過來，將兩人罩住，兩人立時心頭一涼，神智略清。定眼看去，只見青光之後，凌雲鳳正急速飛來，那青光正是「神禹令」所發，「神禹令」比平常所見大了許多，還有二大高手，凌雲鳳人附在令上，令上幾個孔竅，這時均有徑尺大小，青色光氣，自最上一孔射出，另有一孔，射出一股淡得幾乎非目力所能辨認的白氣，將凌雲鳳全身罩住。看白氣中雲鳳的神情，十分委頓，像是也受了傷神氣。

寒萼、司徒平神智一清，立時知道人在危境，想要縱身而起，但卻發覺全身法力盡失。

寒萼、司徒平連法寶也不能由心運用，心中大驚，各自叫得一聲：「不好！」將二人罩住的青氣，已然倒捲過來，生出一股極大的吸力。

二人身不由主，被青氣所吸，直向「神禹令」之上投去。只覺身外，青氣氤氳，越是接近「神禹令」，轟轟發發的風聲便越是強勁，全身彷彿要被強風吹化神氣。強風吹上身來，無法行法防禦，更是如萬針砭骨，痛得全身亂顫，二人剛在想：「此命休矣！」陡地聽得貼身之後，傳來兩聲慘嘯！

那兩下慘嘯之聲，就在他們身後傳出，二人心驚膽悸之餘，轉頭看去，只見身後陡地飛起兩條血紅色的魔影，看來是從自己身上，被強烈的罡風吹起，帶著淒厲之極的慘嘯之聲，掙扎翻滾，直向「神禹令」的風竅之中投去，轉眼不見，從風竅之中，冒出幾股略帶腥味的黑煙來，便自消滅無蹤。

司徒平和寒萼二人附身陰魔一去，神智更是清明，互望一眼，想起剛才的心情，心頭仍是駭然。二人轉眼之間，也被吸到「神禹令」之上，全身在青光籠罩之下不動，「神禹令」還在緩緩向前飛行。向外看去，青光之外，是一片無邊無涯的黑暗。

再看凌雲鳳，人似昏迷不醒，連用傳聲呼喚，皆無回答。二人心知不妙，但自己本也無法脫出青氣之外。心知「神禹令」乃前古奇珍，夏禹治水時十七件寶物之一，和齊霞兒所得的「禹鼎」，一時瑜亮，都是威力奇大，在「神禹令」寶光之下，可得無礙。二人受傷本來極重，略一交談，都盤腿打坐，對外面一切，不聞不問，從而度過了一個難關。

司徒平來援之前，曾遇到「神駝」乙休，乙休看出二人面有晦色，將有大難，是以將一道靈符拍入司徒平體內，在司徒平不能自制之際，化為紅光，將他全身護住。

本來，靈符效用有限，「黑地獄」中魔法厲害，至多一個對時，靈符失效，司徒平、寒萼二人必無倖理。若不是哈哈老祖忽生貪念，施展邪法，靈符化為烈焰攻向哈哈老祖滴血化身之際，一下雷震之聲將凌雲風引來，二人也一樣難逃噩運。

凌雲鳳一被魔法引進「黑地獄」，便立時覺得天旋地轉。她的根基功夫本來紮得不深。當日練「白陽十七解」之際，將首幾式最重要的坐功忽略過去。後來雖得了「神禹令」、「宙光盤」等至寶，但魔教「黑地獄」中，七情迷魂之法專迷惑修道人的心神，若是心神凝一，物我兩忘，即使全無法寶護身，一樣可以絲毫無損，不然，身懷至寶再多，神智一被迷惑，也無法使用。

凌雲鳳好在自知缺點，是以一覺出不對，先將「神禹令」放起，自己附身其上，勉力支撐。及至看到寒萼、司徒平身在險境，仗義來救，自身又幾乎支持不住。幸而乙休靈符一震之後，將哈哈老祖滴血化身消滅，這才發揮「神禹令」威力，將二人吸上來。三人同在「神禹令」寶光之下，苦苦與次第來襲的陰魔相抗，幾次覺得神魂欲飛，全仗一股定力，得以支撐。

此際，第一批來援的諸人，連女殃神鄧八姑這樣的高手在內，全被魔法所困。只有笑和尚一人，仗著「無形劍遁」神妙，人又機警，未被困住，但也無法闖得出「天星魔網」去。雖聽得魔網之上不住有霹靂之聲傳來，必是相繼趕來的同門在攻山，卻也看不清是些什麼人。

這時，在「天星魔網」之上的峨嵋第二、第三代弟子，不下十餘人多之，以齊霞兒為首。霞兒腳下一片金光，將各人承托其上，手指「禹鼎」，正在施為。其時，「禹鼎」已漲至百十丈高下，自鼎中發出極其洪厲的聲響，鼎鈕之上千奇百怪的怪物，也都離鼎而起。有的大如山嶽，最小的也其長盈丈，往來巡遊，各自口中噴出青、紅、黃、白等不同顏色的光氣，向下射去，其餘各人「太乙神雷」，更是發之不已，聲勢之猛烈，驚天動地。

可是不論多麼厲害的雷火打下去，「天星魔網」所化黑氣，只是略為震盪。易鼎、易震二人，駕著「九天十地辟魔神梭」，想衝進魔網，好幾次幾乎被黑氣之中射出的大蓬金星捲進黑雲中去。平日穿陣過山，那麼具威力的神梭，竟也莫可奈何！

眾人正在紛紛用法寶飛劍，向「天星魔網」進攻，忽聽東南方傳來極勁疾的破空之聲。只見一溜銀光，電射而來，來勢快絕，還隱帶著雷震之聲。這道銀光來得突兀，而且十分眼生，雖然全看出正而不邪，但強敵當前，不能不小心。易鼎、易震正待駕「九天十地辟魔神梭」迎向前去。倏地又見一道青光，如長虹經天，光芒精純強烈，分明是追趕銀光而來的。

兩道劍光，如首尾相接，轉眼之間，便來到近前。眾人剛看出銀光之中，是一個貌相極美的少女，齊霞兒也認出那股青光，是黃山五雲步「萬妙仙姑」許飛娘所發。前面銀光中的少女雖然都不相識，許飛娘卻是著名奸詐險惡，自己並不出面，屢次煽動他人與峨嵋為敵，眼看少女逃得狼狽，手揚處，一道金光已直射而出。

就在此際，只聽少女以峨嵋傳聲急呼道：「弟子沐紅羽，奉家師李英瓊之命前來，強敵在後，不暇禮見，尚祈恕罪！」

就這兩句話功夫，青光已快追上，自青光中射出大蓬彩絲，銀光中少女話一講完，陡然回頭，竟向青光直迎了上去，一轉頭之後，銀光倏地分為兩股，那少女的身子，也齊中分開，每股銀光之中，各裹著半邊身子，手上各執著一柄銀光閃耀的利刃。

青光離銀光本就極近，這一轉頭迎上去，雙方接觸更快，青光似料不到銀光會忽然一分為二，來勢太快，少女銀光已在兩邊掠過，而齊霞兒的金光，已迎上前來，自青光中射出的彩絲，接著便被消滅。

霞兒聽得少女發話，知道是英瓊新收弟子，見她竟敢轉身迎敵，心中不禁又驚又喜。許飛娘得道多年，功力非同小可，身上法寶更多，決非等閒人物，如何可以輕敵？看來少女性格剛烈，不下乃師英瓊！

就這一眨眼功夫，兩股銀光，已自兩側掠過青光，又合而為一，銀光中少女一揚手，轟然巨響，一座紅光萬道，高達十丈的牌坊已然出現，自牌坊之中噴出百丈烈焰，帶著轟轟發發，震耳欲聾之聲，聲勢猛惡之極，向前飛來。

青光中所射出的彩絲，已被霞兒金光消滅，許飛娘便已現身出來，略一看眼前情勢，向霞兒含笑為禮，正待開口，尚未出聲，身後百丈烈火，已然壓到。許飛娘又怒又驚，立時一縱遁光，騰空而起。

紅羽大喝道：「莫讓妖婦逃走！」

易鼎、易震在「九天十地辟魔神梭」內，停在半空，一見飛娘正向自己縱來，揚手「太皓鉤」已疾射而出，一彎銀光，電射而下，「太乙神雷」更是聯珠打出。

許飛娘一見這等情勢，又驚又怒。明知就是霞兒一人，自己也決討不了好去。上面兩個敵人，躲在「九天十地辟魔神梭」之內，更是有勝無敗。身後少女，竟能將丌南公的「落神坊」，使用自如，一出手便發揮全部威力，向自己攻來，若是再不見機，只怕多年盛名要毀於一旦！

飛娘人最是靈狡奸猾，雖然同時看出，下面山頭上籠罩著黑雲，中有億萬金星迸射，連「禹鼎」那麼大的威力也攻不進去，頗像是傳聞中的「天星魔網」，可能星宿神君的魔宮，就在下面。但是星宿神君只守不攻，自然無暇顧及自己，是以立時一個轉折，青光倏地一轉，斜刺裡竟直穿出去，去勢快絕，秦紫玲已然迎上來，三枚「白眉針」電射而出。

飛娘臨逃時，本來還想施展法寶，出其不意傷人，一見秦紫玲飛來，已知不妙，「白眉針」一出，更是亡魂皆冒，哪裡還敢再施毒手，怒吼一聲，去勢更快。秦紫玲「白眉針」居然射空，青光直入青冥，眨眼不見！飛娘逃得雖然狼狽，但在這樣的情形下，還能全身而退，眾人也好生驚嘆。

飛娘直飛出千里之外，方敢回頭看去，見沒有人追來，方始鬆了一口氣。想起自幻波池外，開始追那銀光中的少女，鬧了半天，所追少女究竟是什麼路數，仍然未知，不禁好生懊喪。

原來朱文用令牌告急，幻波池中各人也均收到信號。但是幻波池水宮之中，「聖姑」伽因最後一批珍藏，連同最遭邪派中人覬覦的「毒龍丸」將要出世。洞中的同門雖多，各有職守，無人可以離去。

英瓊、癩姑、易靜三人匆匆商議之際，忽然一道金光穿洞而入。三人看出是師長飛劍傳書，忙由癩姑接下來。傳書是由妙一夫人所發。打開一看，說第一批赴援的各人，連同英男、金蟬、朱文，皆已被困西崑崙星宿海魔宮之中，星宿神君已用魔教中第一至寶「天星魔網」將整個魔宮護住，攻不進去，可令新收弟子沐紅羽，帶了得自丌南公手中的至寶「落神坊」前去聲援。「落神坊」威力至大，雖未必能將「天星魔網」破去，拚出葬送了「落神坊」，希冀能將魔網攻出一絲空隙，使後援者能以穿網而入。

三人看畢傳書，英瓊便將紅羽喚來，並由竺氏三小手中要過「落神坊」，將用法轉傳紅羽。紅羽帶了「落神坊」，由易靜開放禁制，離開幻波池。

紅羽知道事情緊急，一出洞，便身劍合一，化成一股極強烈的銀光，破空而起。紅羽才一出洞，便被許飛娘看見。許飛娘見銀光離洞甚急，而且又眼生，起初以為是什麼海外散仙，想到幻波池來佔便宜，被洞中諸人逐將出來。飛娘處心積慮，煽動各門派與峨嵋為敵，遇有這等機會，例不錯過，立時也身劍合一，疾追上去。

在追逐之中，飛娘更看出紅羽身邊，寶光外揚。試行法一看，看出紅羽身邊，竟帶有落伽山丌南公的鎮山之寶「落神坊」！

飛娘人再機靈，也決想不到「落神坊」已落在峨嵋第三代弟子手中，又將紅羽當作是丌南公門下，心中更是大喜，有心賣弄神通，運用玄功，所禦劍光，陡地加強，直刺向天空，又自半空之上，如天虹倒掛，倒捲下來，將紅羽的去路阻住。

紅羽早就覺察自己才一離洞，就有人在後追來。紅羽性格剛烈，若依她本性早就回頭理論。因有要務在身，是以才容忍下來。

紅羽加急前駛，希望可以將尾隨者擺脫。沒想到飛娘功力極高，竟將劍光展開，攔住她的前面。

紅羽一見青光阻住去路，現出一個美貌妙齡道姑。她自小便被震岳神姥度去，見聞不多，也不知道眼前的美貌妙齡道姑，便是得道多年，大名鼎鼎的萬妙仙姑。紅羽滿面怒容，厲聲叱道：「你是誰？無故擋我去路，意欲何為？」

飛娘滿面笑容，道：「小姑娘，你可是丌南公門下再傳弟子麼？」

紅羽一聽，心中更怒，大聲道：「老怪物給我做再傳弟子，我也不要，快讓開！」

飛娘心中一凜，心知對方若是丌南公門下，必不敢如此出言不遜，但落伽山鎮山之寶，分明又在對方身邊，念頭一轉，心想自己幾次想去見丌南公，皆被丌南公事先得知，遠在千里之外，便自擋駕不見。這少女來歷不明，身懷至寶，若是將她擒住，押了去見，作為晉身之階，正是千載難逢之機。

飛娘心念電轉，神情已自不善，道：「你身懷至寶乃是丌南公所有，你自何而來？」

紅羽怒道：「干你何事，你再不讓開……」語還未了，飛娘已自發動，也未見她有任何動作，身上陡地飛起一蓬青煙，煙中有許多銀絲閃耀，向紅羽當頭罩下。

紅羽一見，怒叱一聲，手揚處，「天刑刀」已化為兩溜銀光，挾著雷震之聲，迎上前去。飛娘所用法寶，得自海外一個得道多年的散仙，叫作「一炁混沌球」，是採兩天交界的混沌之氣煉成，只要一被青氣罩住，內中無數銀絲，便將人緊緊纏住，聽憑處置。飛娘得手之後，還是第一次使用，為的是因對方身上有「落神坊」在，萬一情急使用，不好對付。以為此寶一出，手到擒來，萬無一失！

卻不料紅羽所用的「天刑刀」，乃震岳神君夫婦初學道時，費盡心機，採西方太乙精英煉成，威力極猛。紅羽惱恨對方無理，在發時並還夾了一枚「震岳神雷」在內。只見銀光一閃，青氣首被刺破。緊跟著，震天動地一下大震，雷火星光，四下流竄飛射。許飛娘所發的法寶，被震成縷縷青煙，四下飄散。

不但如此，飛娘也被這一震之威，震得慌不迭向後退去。紅羽一舉得勝，無意糾纏，立時身隨「天刑刀」銀光而起，轉頭喝道：「我有要事在身，不與你多計較，再要不識趣，莫怪我無情！」

紅羽去勢極快，語音搖曳，銀光已馳出極遠。飛娘如何肯捨，自恃身懷法寶甚多，剛才不過是猝出不意，是以才吃了虧，少女手中銀光迸射的寶刀，分明是一件至寶，更想據為己有，是以非但不退，一縱遁光，又疾追上去。

兩人的遁光均快絕無倫，不消多久，便已追到西崑崙上空。飛娘急於追敵，雖看出前面有人鬥法，寶光燭天，也未在意，終於又葬送了一件法寶，若不是見機得快，連全身而退，也在所不能。逃出之後，想起近年來，事情如意者少，不如意者多，眼看敵人越來越強，連第二代弟子也功力大進，又有不少奇珍異寶，眼看報仇無望，心中更是懊喪。定了定神，才發現自己逃走時慌不擇路，一直向南飛行。

這時向下望去，只見群山起伏，已到秦中一帶。飛娘按低遁光，落在一座山頭之上，望著綿亙起伏的山嶺，正在盤算下一步行止，忽見下面山谷之中，有碧熒熒的一片綠光，正在迅速展布。

飛娘所站之處，離谷底少說也有千百丈高下，雲霧繚繞，重重封鎖，飛娘並未行法，那片碧光竟能透過雲霧，可知原來光芒之強烈。

飛娘心中一動，行法隱身，緩緩下降。到離谷底只有百十丈時，只見那片碧光，展布已有畝許方圓，碧光緊貼著谷底岩石，竟似從地底深處的岩石縫中迸出來一樣。那山谷谷底甚寬，陰暗莫名，被那片碧光一映，到處一片碧森森，更顯得陰詭可怖。

飛娘一時料不準那片碧光來歷，在崖壁上找了一處隱蔽地方停下，靜以觀變。那片碧光已停止不動，只聽得碧光之下，傳來一股令人心震神悸，極其淒厲的叫聲。飛娘那樣功力修為，聽了也不禁心驚肉跳。

飛娘聽出那叫聲，像什麼怪物所發，剛在想那是什麼怪物，叫聲這樣厲害？猛瞥見那片綠光陡地向上一提，已幻成一隻巨大無比的大手，碧光更盛。飛娘看到碧光幻成大手，心中陡地一凜，立時想起一個人來。

然則一來，那人早已在三仙二老、藏靈子和紅髮老祖圍攻之下，命喪長眉真人的「生死晦明幻滅微塵陣」之中，照說絕無可能再在人世。二來，碧光幻成大手之後，飛娘看到谷底是一個極大的泥潭，隨著畝許方圓的綠色大手手指抓處，潭中泥漿正如沸鍋也似，鼓起無數泥泡來，有的直冒起丈許高下，方始爆裂，泥漿四射之際，腥穢之氣，連飛娘處身雖離谷底尚有百十丈，聞了兀自覺得頭昏目眩，好生心驚，忙行法辟臭，暫且將想起的那人放下，專心靜以觀變，看那泥潭之中，究竟藏著何種怪物。

隨著泥漿不斷上冒，厲嘯聲也越來越刺耳，飛娘仔細一聽，聽出嘯聲竟是泥潭底下傳來。這時，那綠色大手，碧光大盛，三起三落，陡地作勢一抓，只聽得泥潭中「轟」地一響，大蓬泥漿飛射中，一隻奇大無比，形如蠍子的怪物，緩緩浮了上來。

那物自頭至尾，足有二十來丈，形如一隻巨大無比的大蠍，通體鐵鱗墳凸，漆也似黑，隱泛紅光，尾鉤高翹，直冒彩煙，聚而不散，筆也似直射向上，似與那大手相抗。兩隻大螯開合不已，揮舞之際，潭邊的大石挨著便成粉碎。

許飛娘修道多年，結交甚廣，見識極多，一見這樣的大蠍，心中又驚又喜。久已聽聞這種天蠍乃天地間第一毒物，其毒性猶在昔年文蛛之上，乃秉天地間奇毒之氣而生，每次產卵兩萬七千顆，經七七四十九年，方始成為小蠍。初生小蠍，比米珠還小，一孵化之後，就自相殘殺，互相吞食，每食一隻，就長大一倍，直到又四十九年之後，吞食殆盡，只餘一隻，身子已比初生時大兩萬七千倍。其時，已然通靈，能御風飛行。

到這時，天蠍必離開原來生長之地，遠出尋覓適宜居住之所。這類奇毒之物，最干造物之忌，一出行動，遇上正派修道人，必然誅殺，是以每每未成氣候，便已伏誅。其御風遠離之際，雖然離地極高，但由於其毒性實在太過猛烈，所過之處，也必然瘟疫橫行，死人無算。

最適宜這種天蠍生長的地方，是深山幽谷之中，亙古以來，人跡不至，各類果、葉沉積的泥潭之中。天蠍一到這種泥潭之中，使自潛伏不出，吸收泥潭中千百年來所積聚的毒質，體上便開始長出鐵骨密鱗。

天蠍初生之鱗為灰色，隨著年歲，變為黑色，同時也潛修元嬰，等到元嬰修成，便可化成人形，所需時日，少說也要千年以上。和小光明境萬載寒蚿，一秉至陰至毒之氣而生，一秉至陽至毒之氣而生，相互為天地間最厲害的毒物，一向只聽傳說，只當早已絕種，不想竟在此處遇見。這類罕見的毒物，若能將其元胎得到，與本身元靈相合，立成第二元神，神通廣大，幾成不死之身，實是旁門中人夢寐以求的寶物。

飛娘看出，那隻碧陰陰的大手，也是旁門中的厲害人物，正在對付那隻天蠍，照那鱗片之上黑中泛紅的顏色來看，天蠍只怕元嬰已成！飛娘一面想，一面已在暗中準備，打算天蠍元胎一現，立時趁火打劫，搶了就走，揀一個人跡不到的去處，將之煉成第二元神，何愁深仇大恨不報！

她一面準備，伺機而動，一面仔細看下面情形，只見綠光大手五指漸漸收攏，已將整個天蠍的身子包住，硬將天蠍向上提來，不多久，便將整個天蠍全自泥潭之中提了起來。

只見天蠍腹下，六隻長足之外，另有兩排密生的短足，正在急速爬動，一張闊口之中，彩煙亂噴，發出淒厲已極的叫聲。

大手將天蠍提起之後，手心之上，陡地射出一股綠光，直向天蠍的闊口之中射去。天蠍口中，彩煙加濃，其疾如矢，迎向前去，和綠光互相迎拒，綠光在急切之間，竟攻不進去。

天蠍全身被提起之後，形態更是猛惡，綠光大手五指在漸漸束緊，不多一會，便將天蠍全身包沒，包沒之後，還在向內束緊，壓得天蠍全身發出一種極其難聽的「軋軋」之聲，勉力掙扎，全身鱗縫之間，皆有彩煙冒出。

飛娘心知這些彩煙奇毒無比，其毒性尤在紅髮老祖所煉「五毒桃花瘴」之上，若不是看出那綠光大手，必非易與，當時就想將那些彩煙收為己有。她一留心，就看出自天蠍身上迸射出來的彩煙，本來全在綠光大手籠罩之下，但突然之間，大手之中，突然出現一道隙縫，彩煙得隙，向外勁射出來，全都射向山谷下面，一處陰暗已極的崖壁縫中。

彩煙一經投入，便自影蹤不見，分明是有人行法收取。許飛娘這一驚，實是非同小可，心知那躲在崖下收取彩煙，和那綠光大手，是同一人，這種魔教中的身外化身，至高無上的魔法，當世擅此術者並沒有幾人，越看越覺得那綠光大手，便是昔日百蠻山陰風洞綠袍老祖的「玄牝珠」所化，換了是旁人在此，自己還可以趁火打劫，若是綠袍老祖未死，是他在此，出名心狠手辣，又凶淫無比，自己慢一步走，只怕便討不了好去。

許飛娘一想及此，已準備立時離去，身還未起，便聽得崖下傳來一陣桀桀怪笑，與天蠍洪厲之極的叫聲混在一起，更是令人心悸。接著，便是一個刺耳之極的語聲道：「既然來了，何不等我事完再走？」

許飛娘一聽對方發話，心中更加吃驚，心想自己隱形，用的乃是丌南公愛妾沙紅燕所傳的附石隱身之法，何等神妙，相隔又遠，對方身形未露，竟會被看穿，對方神通，可想而知。

形跡既為對方看破，飛娘索性不再隱形，現出身來，道：「無心路過，見道友在此收取天蠍，一時好奇，並無他意。以道友神通，毒物必然伏誅無疑，後會有期！」

飛娘話一說完，立縱遁光飛身而起。她這裡才一飛起，只見崖下，陡地射出一蓬綠光，竟趕在飛娘之前，迅即展布起來，將飛娘的去路阻住。飛娘又驚又怒，又聽得怪笑聲傳來，道：「何妨等我事完之後再走？」

飛娘已聽出對方不懷善意，暗運玄功，準備身劍合一，硬衝出去，一面又取了一件法寶在手，可是她這裡還未發動，頭頂之上的碧光皆成綠色，自碧光之中，飛起一條長大已極的魔影，向飛娘當頭撲將下來。

飛娘雖已身劍合一，但魔影一現，立時機伶伶打了一個寒戰，心中一迷。飛娘本是行家，無奈為人家占了先機，心知不妙，想用隨身法寶護身之際，已自全身軟弱無力，身不由己向下落去，碧光魔影包上身來，神智昏迷，人事不省。

飛娘自學道以來，仗著狡詐機智，從來也未曾如此敗過，這時臨昏迷之前，想要拚著法身不要，元神遁走，都在所不能！等到悠悠醒轉，只見身在一片極其濃密的碧光包圍之內，碧光之外，轟發之聲不絕，隱約可見到烈焰飛騰，其勢驚人，竟像是身在一個巨大無匹的洪爐之中，偏又一點也不覺得熱。

飛娘一睜開眼，還未坐起身來，便覺出自己通體赤裸，一絲不掛，而身前則站一個身高不滿三尺，頭如栲栳，披著一件綠袍，髮如亂草，互相糾結，嘻著一張闊口，三分像人，七分似鬼的怪人，正向著自己怪笑。

飛娘這一驚，實在非同小可，她為了煽動蠱惑各派妖人與峨嵋為敵，雖也不時以色相迷人，但一向是將對方玩弄於股掌之間。極少真正失身，像如今這樣情形，更是從來也未曾有過！當下身子一掙，想要起身，偏偏身子柔軟無力，幾乎連小指也不能動彈。而眼前這個怪人，分明便是魔教南派開山祖師綠袍老祖，枉自修道多年，如今為他魔法所制，不知會有什麼收場！一想及此，急怒交加，幾乎又昏了過去。

綠袍老祖見飛娘醒來，鳥爪也似的手伸了過來，在飛娘雙股之上略一搓揉，笑道：「久聞萬妙仙姑道法通玄，奇妙莫測，果然名不虛傳！」

飛娘心思靈巧，心知自己身落魔手，萬難反抗，看對方意思，像是並無惡意。若能使得此人聽命於己，勝於其他旁門高手十倍。他既能在長眉真人「生死晦明幻滅陣」下逃生，這些年來，神通必定更加廣大。想到此處，將心一橫，將恐懼厭惡之心勉強置之度外，立時眉梢含春，妙目流波，膩聲道：「老祖趁人之危，有何樂趣可言？」

飛娘人本美豔，又擅媚人之法，此時玉體橫陳，眼波欲飛，綠袍老祖焉有不知她心意之理，哈哈一笑，將手一抬，一條碧綠魔影，自飛娘身上飛起，飛娘立能活動，一聲嬌呼，遂投入綠袍老祖懷中，一男一女，兩個妖邪便自淫樂起來。直到雙方盡興，飛娘才假作害羞，推開綠袍老祖，一躍而起，將手一指，衣服飛上身來，一隻妙目，似泣似訴，望定老祖。

綠袍老祖趕過來，一把將飛娘摟住，道：「我在地下潛修多年，已將昔年未曾練成，魔經中最後一章練成，可以二次出世。今日又得了天蠍的五毒彩煙和元胎，本身元靈與之相合，則除『玄牝珠』之外，又有第二元神，足可報仇雪恨了。」

第十回　藏珍出世　二老鬥氣

飛娘心中盤算，依在老祖懷中，道：「我也不是無名之輩，一時不察，為你所算，你也有『玄牝珠』，那天蠍元胎，不如給我算了！」

老祖雙手在飛娘身上搓揉，笑道：「也無不可，但這天蠍元胎雖已修成，氣候不足，必須有幻波池賊尼伽因留下的『毒龍丸』，才能元靈與之相合！」

飛娘聞言，坐起身來，道：「幻波池『毒龍丸』將要出世，我日前曾去窺伺，只惜洞中五行禁制厲害，連沙紅燕也連去幾次都損兵折將，你有何法可以到手？」

老祖笑道：「這有何難，你看如今身在何處？」

飛娘一面敷衍老祖，一面也在仔細察看四周情形，以她見識之廣，也不知身在何處。

原來當日在百蠻山上，綠袍老祖困在陣中，被逼鑽入地底，直下千百丈，一直到了地肺之中。仗著本身「玄牝珠」的威力，與地肺氣泡中亙古以來便自存在的烈焰相抗，一面修煉魔法，漸漸被他悟出陰火烈焰相生相剋之妙，已能在地肺無數氣泡的隙縫之中自由來去。

他自經兩次慘敗之後，已經小心了許多，在魔法煉成之後，多在地底遊竄，一面收取地底亙古以來聚積的太陰之火，煉成法寶，一面伺機穿出地面來。由於他小心隱蔽，一直未為人發覺。直到今年年初，才發現秦嶺的一個萬丈深谷之中，竟潛伏有一隻天蠍。綠袍老祖知此物來歷，心中自是大喜。

以綠袍老祖之能，也費了不少心血，才用「玄牝珠」幻化大手，將天蠍自潛修的泥潭中抓出來。一面誘逼天蠍將毒煙盡皆放出來，身外化身另在崖洞之中設下法壇，用一件新煉的法寶，將毒煙盡皆收起。天蠍毒煙放盡之後，逼得自腹開裂，飛出元胎也被他收去。

當老祖在降伏天蠍的緊要關頭，便覺察有人隱伏在側。其時，也是飛娘小心過了頭，不然，仗著隱形神妙，若是一下來，覷準時機，便身劍合一，自天蠍口中穿進，得了元胎，再裂體而出，綠袍老祖措手不及，必被她將天蠍元胎搶走。

飛娘這一小心，綠袍老祖已發現有生人前來，在發話之前早已將魔法佈置妥當。此時許飛娘想走，陰魔已襲上身來，立時神智昏迷，只有聽憑擺佈了。

綠袍老祖起初也未曾料到來人這樣大有來歷，一見被擒之人貌美如花，立時帶了她竄地而入，先恣意淫樂了一番。

及至察看飛娘的寶囊，才發現被自己無意中擒來的人，竟是萬妙仙姑，非平常妖娃淫婦可比，也是喜不自勝，再加後來飛娘另有圖謀，一笑投懷，這一番滋味自又不同。二人各有盤算，是以飛娘一開口，綠袍老祖立時便答允。

當下二人一商議，綠袍老祖道：「幻波池禁制雖嚴，卻擋不住我，你隨我來！」隨說，手一揚，「玄牝珠」碧光一端，倏地向前伸出，急速移動起來。所過之處，是地肺之中積聚亙古以來陰火的氣泡之間的空隙，綠光穿梭其間，快疾無倫，瞬息千里。

綠袍老祖待已到幻波池之下，摟著飛娘親了一下，道：「你在下面等我，可別亂走！」

飛娘媚眼如絲，道：「你還怕我走得了麼？」

綠袍老祖一笑，手一揮，元神與「玄牝珠」相合，又帶飛娘上升了幾百丈，離開了地肺太陰真火範圍，全身化為一片綠光穿梭於地底崖石之中。略有石縫，綠光如水銀瀉地，無孔不入，轉眼無蹤。

飛娘看在眼中，心中暗叫一聲：「好險！」還不放心，試一運玄功，居然並無陰魔附身，可知綠袍老祖並未心生要脅之意，已當自己全心順從，心中大是欣喜。

卻說綠袍老祖元神和「玄牝珠」相合，自地底侵入之際，正是幻波池中，水宮藏珍將要出世之際。幻波池中各人，將全洞禁制盡皆發動，易靜主持總圖，各人都有職司。英瓊、癩姑在水洞之外，只等時辰一到，便由英瓊進入，護聖姑元神出洞。

原來「聖姑」伽因出身旁門，當年人極美豔，旁門中人，愛之若狂。其中有一個，不惜以本身元靈與魔法相合，趁聖姑不覺，將聖姑元神以魔法一起禁制在那面「元命牌」之上。後來聖姑法力日高，皈依佛門之後，更是身具極大神通，並非不能以本身法力解脫。但對方只是一片癡心，並無惡意，一展神通，必令對方形神皆滅。佛家素重因果，種一因必有一果，聖姑在精研佛法之後，更是不願出此下策，是以因循至今。

後來，聖姑已經算出，要解去「元命牌」之魔法，唯有靠佛門「定珠」之力，使用「定珠」之人，還要將「定珠」煉成第二元神，身外化身，才能具此力量。英瓊能在極短時間內煉成第二元神，聖姑也曾在暗中施法相助。

當下英瓊知道自己身負重任，稍有不慎，便違聖姑初意，是以格外謹慎。亥時將到，癩姑已將水洞埋伏，一起發動，當洞而立，以防萬一有妖邪衝破禁制，攻到水洞之前時可以防禦。聖姑水洞珍藏之中，其餘寶物還在其次，那四十九顆「毒龍丸」，則是群邪人人想得之寶，非同小可。等癩姑準備妥當，英瓊也連人帶「定珠」，化為一團祥和之極的慧光，緩緩向前飛去。

只聽得水洞之中，先有極細的泉聲傳來，悅耳之極。漸漸水聲加強，洶湧澎湃，如千丈急瀑，下瀉絕壑。英瓊飛進洞中，已到亥時，只聽到一塊平整的玉石之上，陡地一下巨響，玉石齊中開裂，飛起一團青影，青影初起時才如拳大，晃眼增大，隱隱可見青影之中，有一面碧綠玉牌，牌上碧光四射。

英瓊一見，知道時機已至，立時元神相附，將慧珠光芒直罩上去。慧珠光芒才一罩上去，青氣便自消滅。玉牌上迸射如箭的碧光，也被陡地壓了下去。上面飛起一條人影，英瓊才看清是個美絕天人的妙齡女尼，知是聖姑道成飛升的元神，剛待行禮下拜，只見聖姑元神已迅速上升，一面手指地下，似有所囑。英瓊還未會過意來，聖姑元神已然穿洞而出。

同時，在「定珠」慧光籠罩之中，玉牌之上，陡地傳來一陣極其淒厲的叫聲。碧光大盛，碧光之中，另有一條人影疾飛起來。

原來「元命牌」上的魔法，經「定珠」一照，便自破去，施展魔法之人，眼看數百年苦功毀於一旦，心中又急又怒，待要拚命，碧光四射之際，元神已離牌而起。英瓊這時，身化為二，第二元神仍附在「定珠」之上，原身一揚手，紫郢劍已化為一道紫虹，繞在「定珠」的慧光之外。

自「元命牌」中飛起的那人，一見慧光紫虹，似知不敵，滿面悲憤，厲嘯起來，手掐法訣，看來就要施為。英瓊見時機已至，立時喝道：「道友，聖姑已經解脫魔障，飛升九天，你如何執迷不悟？螳螂捕蟬，黃雀在後，你以魔法暗算聖姑，可知你自己也中了別人魔法暗算，是以才會神智顛倒，出此下策麼？」

自「元命牌」上飛起的那人，原是一個貌相清俊的中年道長，此際正滿面悲憤，及聽得英瓊一叱，陡然一怔，似有所悟。

英瓊又道：「若不是你先中了魔法暗算，以你修為年資，早該成道，如何會誤人誤己？」

那中年道者神情猶豫，正待開口，「元命牌」上，突然又起了一陣淒厲已極的厲嘯之聲，一條全身碧光亂迸的魔影，張牙舞爪，倏然飛起，直向中年道長撲去，看情形，像是想將中年道長抱住神氣。

英瓊早有準備，魔影一起，一聲清叱，暗運玄功，「定珠」慧光急速旋轉間，中年道者已然脫出「定珠」慧光之外，那條碧光迸射的魔影，卻被緊緊裹住，厲嘯不已。

中年道長一脫出「定珠」慧光之外，神情立時大徹大悟，祥光繞身，向英瓊點頭行禮，也不說話，滿面笑容，也自向上升起，轉瞬不見。英瓊知他在佛門「定珠」慧光透體之際，已然悟徹前因後果，解脫了數百年來的情孽魔障，得成正果，心中好生歡喜。

此際，洞中裂開的玉石，已在向下沉去，現出一個其深無比的大洞，洞中轟轟發發的水聲，正迅速傳來。那是水洞藏珍將要出現的先兆。而在「定珠」慧光之中的魔影，厲嘯聲聽來更是驚心動魄，正在勉力掙持。

英瓊先將手一指，紫郢劍如神龍擺尾，在「定珠」的慧光之中，直穿進去。

英瓊因為水洞藏珍將現，一時心急，想先將被困在「定珠」之中的魔影除去，再以全力收取洞中的珍藏，卻不料這一來，只便宜了已然由地肺之中算準方位，直竄上來的綠袍老祖。若是此際，英瓊根本不去理那被困在「定珠」之中的女魔，全神貫注，對付水洞藏珍，雖然綠袍老祖已然侵入，總難如願。而英瓊一心急，紫郢劍自慧光之中穿進，那女魔魔法也極高，昔年迷戀中年道長不遂，不惜以本身陰魔暗附在道者的元神之上，道者元神受了陰魔所惑，才會倒行逆施。

及至英瓊佛門「定珠」罩身，道者被英瓊言語點破，立時明白，女魔想要拚命，道者元神已脫出慧光之外。本來女魔魔法再高，身在佛門「定珠」的慧光之內，萬難走脫。英瓊一將紫郢劍光穿入，雖然死得更快，但那泛著碧光的「元命牌」，本是魔教中的一件至寶，威力極強。女魔一見紫光射來，自知萬無倖理，就在臨死之前的一剎那，發動魔法，那碧玉「元命牌」趁紫郢劍劍光穿入之際，陡地化為一片碧光，竟穿出「定珠」慧光之外！

紫郢劍一到，女魔一聲慘叫，便自了帳。同時，穿光而出的那面「元命牌」，一聲巨震，爆散開來，化為萬千團碧光，四外發射，一時之間，全洞碧光熒熒，水洞禁制，立被觸發。首先由那深洞中，「轟」地一聲，射起一股水柱來，轟發之聲，震耳欲聾，在水柱之中，各色寶光四下飛竄。

英瓊當此情形，也不免有點手忙腳亂，一面指著紫郢劍，將水柱圍住，不讓水柱中聖姑藏寶飛遁，一面還要指揮「定珠」，將女魔的殘魂消滅。其時滿洞碧火，恰好綠袍老祖已從地隙之中，穿過禁制，來到洞中。

他「玄牝珠」的光芒和碧玉「元命牌」爆散之後的碧火一樣，是以穿洞而入，英瓊並未在意，不知強敵已在咫尺。若不是紫郢劍威力太大，已將水柱圍住，連綠袍老祖也不敢造次，不然一上來必然將「玄牝珠」幻化大手，將水柱中所有珍寶，囊括而去了。

英瓊的紫郢劍圈住了水柱之後，只覺得水柱向外的張力，大到不可思議，紫郢劍幾乎圈它不住。而各色寶光，更是不住在劍光中來回衝突，「元命牌」所化陰火還在紛紛爆炸，水柱還在不斷從洞中射出。英瓊看到「定珠」之中的魔影，已由濃而淡，由淡而無，立時將慧光展布開來。

慧光所到之處，滿洞陰火，逐漸消滅。綠袍老祖隱伺在側，一見這等情形，暗中施展魔法，令那未被消滅的陰火由弱而強，又發出極其猛烈的爆炸，撼得全洞皆震。英瓊不知究理，還以為那是女魔臨死前所施的魔法，只得指揮「定珠」去消滅殘餘魔光。

這時，水柱噴射已止，在紫光之中的各色寶光也漸漸減弱，全被英瓊以「太乙分光」之法，收入法寶囊中，紫光也漸漸縮小。英瓊知洞中藏珍已完，「毒龍丸」將要出世。只聽得洞中傳來一陣龍吟之聲。龍吟之聲才一傳出，一隻龍形寶盒陡地穿空直上！

這龍形寶盒上升之勢，和其他寶物不同，來勢快絕，才一出洞，自盒上龍首之中，噴出大股金光，金光所到之處，洞頂崖石立時消熔，看那情形，像是剎那之間就要穿洞而出神氣。

英瓊一見大驚，忙將紫郢劍光化為一片光幕，將寶盒上升之勢阻了一阻。正待立時將劍光倒捲而下，將整個寶盒包住之際，忽地一隻碧光森森的大手，自下而上，迅速向寶盒抓來。

英瓊這一驚，實是非同小可，一聲嬌叱，紫郢劍立時倒捲而下，那大手竟然一樣硬抓了上來，劍光到處，只聽得一聲怪叫，大手的手指被削下三個來，但尚餘兩隻手指，仍然夾住了寶盒，直向下沉去，去勢快絕，眼看要沒入池中，追趕不及，陡然之間，寶盒金光迸射，一下巨震，震裂開來。

那寶盒金光迸裂，一震之威，真是驚天動地，滿洞金光流竄，碧綠大手立時被震散。但綠袍老祖魔法也真高，被震散的綠光，立時化為千百隻綠手，隨著金光爆射，盒中有四十九股黑色光芒電射而出之際，滿空亂竄，轉眼之間，已撈了三股在手。

英瓊又驚又怒，一面指揮紫郢劍，追逐那千百隻碧手，一面將「定珠」光芒迅速展布，要將全洞盡皆護住。依綠袍老祖心思，已到手三顆「毒龍丸」，仍嫌不足，還想再搶走幾顆，但「定珠」慧光已至，再要不走，必被困住，是以一聲厲嘯，那千百隻碧光閃閃的怪手，各自化為縷縷碧光，沒入地中，去勢快絕，轉眼不見。那一下厲嘯之聲，仍自地底隱隱傳來，連地皮都為之震動。

英瓊將餘下的黑光全用劍光圈定收下，一數只有四十六顆，知道還是被來人奪了三顆去，心中懊喪不已，妖人已經遠去，追也追不及了，只得消滅了殘餘魔火，退出洞去，見了癩姑，先自苦笑。

癩姑一見英瓊出洞，迎了上來，道：「瓊妹，盧仙婆元神剛才來過，曾以無上仙法，令我們看到水洞中所發生的一切。據她所說，那碧光大手，似是綠袍老祖『玄牝珠』所化。當年三仙二老合力布長眉祖師遺下的陣法，尚且被他漏網，過不在你！」

英瓊苦笑道：「若是綠袍老妖，『毒龍丸』落在他的手中，豈不是更長妖孽氣焰？」

說時，易靜也已飛來，道：「瓊妹不必自責，綠袍妖孽雖然搶走了三顆『毒龍丸』，但被紫郢劍所傷，又被聖姑藏丸寶盒震裂之際，受了重創，雖然得可償失，到底不是全勝。」

易靜笑道：「倒是盧仙婆臨走時說，幻波池上下，禁制如此嚴密，妖孽竟能來去自如，必是煉成不尋常的魔法，還要防他再來生事！若要嚴密防範，要請枯竹老仙將他所煉的青竹靈符，賜上十枚，那靈符可以化生億萬，生生不已，足可防禦！」

易靜話才說完，忽然聽得一個老人口音，自遠傳來，語帶怒意，入耳心震，喝道：「老乞婆既然賣乖，就該由她獨力承擔，何必再來煩我？」

易靜等人剛聽出那是枯竹老怪的聲音，聽來不知是從幾萬里外傳來，心中正自駭然，又聽得一個老婦人口音接口道：「你當我不能獨力承擔麼？以後幻波池中，若再有妖孽偷入，算我學道不精！老賊怕事，老婆子卻不怕的！」

隨聽枯竹老怪哈哈大笑，道：「老乞婆，你既知我青竹靈符神妙，如何還要逞強？你如不怕事，現有多人被困西崑崙星宿海『黑地獄』之中，逕可前去將他們救出來，更顯你神通！」

盧嫗怒哼一聲，道：「原來你破不了『天星魔網』，想激老婆子出馬麼？」

枯竹老怪卻只是連笑三聲，便自聲音寂然。

此際，已有更多同門趕到，枯竹老怪和盧嫗兩人的對話，人人可聞，心下俱都駭然，全都屏氣靜息，無人敢於出聲。因心知大荒二老得道千年，法力之高，不可思議，脾氣之怪，也到了極點。二人一個在大荒山之陰，一個在大荒山之陽，心有隙嫌，結怨已數百年，互不相讓，若是開口，一不小心，得罪了哪一個都擔待不起！

直到二人聲音寂然之後，各人互望，仍然不知如何才好。

癩姑向英瓊、易靜等人一使眼色，道：「這兩位老前輩法力真高，別看他們對話，兩人相距，不知相隔多少萬里，便這隨便說話，能萬里傳音，便非常人所能及了！若能有枯竹老仙青竹靈符為助，自然最好。若老人不肯，我們只好自己小心了！」

癩姑話才說完，忽聽哈哈一下笑聲，起自身側，青光一閃，眾人之中，無一人看清是怎麼來的，眼前已多了一個手持竹枝的青衣少年，枯竹老人的元神已然現身。眾人一見，忙即下拜。

枯竹老人將手中竹枝向癩姑一指，道：「你不必激我，綠袍老妖用的是地氣遊行之法，隨著地氣所至，無孔不入，即使我青竹靈符，也未必阻得他住，只不過靈符化生億萬，到最細時，細若牛毛，一有侵入，便緊隨不捨，令他難以應付而已，你有什麼法子可以防禦？」

癩姑行禮後起身，笑嘻嘻道：「晚輩能有什麼法子，不過仗著口舌還算乖巧，令老前輩出手而已！」

枯竹老人笑道：「難怪你師父快證佛門正果，只留你瞎眼師姊，不要你這小癩尼，果然可惡！」

癩姑雖見老人滿面笑容，不似有絲毫怒意，但聽得老人如此說法，心知此老喜怒難測，也不禁暗中伸了伸舌頭，不敢再說什麼。

老人隨說，手中竹枝微抖，蒼翠欲滴，像是新從大雨之後的竹枝之中採摘下來一樣，上面附著三數十片竹葉。隨著老人將竹枝微抖，每一抖，便有一片竹葉化為一股青光飛起，射向洞壁之中。

易靜一見這等情形，心中不禁一驚，幻波池中五行禁制何等厲害，自己又不在總圖之旁，一時之間，未能將禁制止住，若是青光射出，將全洞禁制引發，雖然終無大礙，但老人若是措手不及，面子上須不好看。

及至三股青光沒入，禁制絲毫未被觸動，易靜才放下心來，看老人時，正在向她注目微笑，知道自己心事被老人看破，老人早有準備，心中好自佩服。

轉眼之間，自竹枝之上，已有十片竹葉化為青光飛起，沒入洞壁不見。

老人微笑道：「竹葉靈符已將幻波池方圓百里護住，與洞中五行禁制相配合，來人若不怕與我為敵，只管前來，讓他嘗嘗味道！老丐婆適才被我言語所激，必到西崑崙去救人。星宿老魔的『天星魔網』，非其他法寶可破，只有老丐婆『吸星神簪』是它剋星，你們有空，不妨也去湊湊熱鬧！」

枯竹老人話才說完，忽然長眉一豎，面有怒容。眾人正不知老人是何心意之際，老人一聲怒叱，叱聲未絕，人已不見。眾人相顧駭然。隨即由易靜帶領，到前洞去商議前往星宿海一事。水洞中所得的藏珍，暫由英瓊掌管，等候師長分配。

卻說綠袍老祖雖然搶到三顆「毒龍丸」，但是先遭紫郢劍所斫，復遇寶盒炸裂，元神受創，著實不輕。自元神被震散之後，竟不能立時復原，直到竄入地底百里之深，才算勉強凝聚在一起，但光芒已大是黯淡，及至與許飛娘會合，向飛娘略打手勢。飛娘何等眼力，看出他和去時大不相同，心中暗罵妖孽將事情看得容易，必是吃了大虧回來，及至聽綠袍老祖一說，竟然將「毒龍丸」得了三顆之多，心中大喜，立逼老祖將「毒龍丸」先給她一顆。

綠袍老祖自知受創甚重，仰仗「毒龍丸」之功，雖可復元，至少也要兩顆。若是將餘下一顆給了飛娘，自己豈不是白冒了奇險？正想設詞推託間，陡地聽得地面之上，傳來一聲大叱。

此際，綠袍老祖和許飛娘，身在地底百里之深，可是那一下巨叱聲，透地而下，卻如同就在身邊響起一樣。隨著巨叱聲，忽見有青光一閃。綠袍老祖和許飛娘一看，就認出那股青光來歷，不禁大驚。別說是在重創之餘，就是平日，見了也是逃走為上，何敢招惹。立時一拉飛娘，直向地底竄去，青光也自一閃不見。

原來枯竹老人的靈符，與他心靈相合，一有感應，立時驚覺。他發出十片靈符之後，十片靈符便在幻波池百里之內，四下遊走，一遇敵人，心靈立有警兆。當他話一講完之際，便已發覺妖孽就在近側未走，立時趕來。

他那巨叱之聲，乃是旁門之中最厲害的「喝天透地」之法，若是平常妖孽，在他一喝之下，立時神飛魂裂，聽憑處置。但綠袍老祖和許飛娘究非尋常妖孽，看出情形不妙，立時遁走。

枯竹老人本欲追蹤而下，但看出綠袍老祖直趨地肺，老人投鼠忌器，唯恐妖人情急，將地肺中氣泡震破，造成無比災禍，是以才未曾追上來。綠袍老祖已是驚弓之鳥，一直竄到緊貼地肺之處，方始停止。

許飛娘再一軟求，綠袍老祖注定了飛娘，道：「你要我『毒龍丸』和天蠍元胎倒也不難，但天蠍元胎一旦成為你第二元神，連我也制你不住，這卻非我所願！」

許飛娘嬌嗔道：「你我已成夫妻，莫非還信不過我麼？」

綠袍老祖笑而不答，飛娘知道決不能就這樣順遂自己心願，一橫心，道：「你要如何，只管直說！」

綠袍老祖道：「你向我本命神魔滴血立誓，我便如你所願！」

飛娘一聽，心頭不禁一涼。她自然知道，若是照綠袍老祖所言，向他本命神魔滴血立誓，自此之後，元神便附上對方神魔，永遠不能解脫。

雖然將天蠍元胎煉成第二元神，神通遠超本來，但若一對綠袍老祖心生敵意，立為對方所制，苦不堪言。

這時，飛娘真是進退兩難，若是此際不答應，綠袍老祖何等凶殘，只怕立時出手，一樣沒有倖理！

飛娘心思本極靈慧，心知自己泥足深陷，越來越深，然已不能自拔。權衡輕重，還是依對方所言，只盼日後能另外找到魔教中的高手相助，替自己除去附身陰魔。好在眼前老妖對自己迷戀甚深，必不至於加害自己！

飛娘只不過略一思索之間，已見綠袍老祖雙目之中凶光隱現，大有怒意。飛娘素知老妖凶殘無比，若是引他起疑，更是不妙，立時嫣然笑道：「原來你還是不信我對你死心塌地，只管向你本命神魔發誓，我怕什麼？」

綠袍老祖嘻著一張闊口，道：「當真？」

飛娘也不再說什麼，一揚手，中指尖端立現殷紅，一滴心血自指尖緩緩滴出來，殷紅無比。

綠袍老祖一見，伸手在頂門之上一拍，一條長不滿一尺，碧光精純無比的魔影，緩緩伸起。飛娘將手指一彈，那一滴心血向前飛去，立時滲入魔影中心。

心血一飛入魔影之中，飛娘心頭便大受震動。事已至此，後退無路，索性凝神道：「日後若有異心，任憑神魔處置！」

綠袍老祖哈哈一笑，本命神魔重入泥丸，手一揚，自袍袖之中緩緩飛出天蠍的元胎來，長不過半尺，但神態獰惡，黑鱗之上，隱泛紅光。飛娘見老祖果不食言，心中大喜，立時將元神飛出。

綠袍老祖再將指一彈，彈出一枚「毒龍丸」，化為一片黑光，向前飛去，將飛娘元神包沒。

飛娘功力本深，「毒龍丸」所化黑光，一將元神包沒，立時運用玄功，將「毒龍丸」自外而內，漸漸吸收進去，前後不過一個時辰，黑氣吸盡，飛娘一聲歡嘯，元神已一分為二，其中一個，直向天蠍元胎投去，轉眼之間，一起不見，許飛娘容光煥發，笑殷殷站在綠袍老祖之前。

老祖笑道：「已遂你心願了？」

飛娘媚笑道：「也不知是誰遂了心願！」

老祖怪笑，自運玄功，用另外兩顆「毒龍丸」療傷。自此「萬妙仙姑」許飛娘，和綠袍老妖，已成兩位一體。不提。

卻說在西崑崙魔宮之上，沐紅羽和齊霞兒等人合力趕走許飛娘之後，紅羽向各人說明來意，霞兒素知丌南公鎮山之寶「落神坊」威力極大，便命眾人暫時後退，停止進攻。紅羽向各人告了罪，飛身而上，停在半空，手掐法訣，指定「落神坊」。

當紅羽才發出「落神坊」之際，已然暴漲到百十丈高下，此際再一經施為，漲得更是高大，雷火轟發之聲，更是震天撼地，一面漲大，一面在緩緩向下壓去。到了離「天星魔網」還有數十丈距離時，「轟」地一聲巨響，五股烈火激射而下，和魔網方一接觸，烈火之中，霹靂連聲，如百萬天鼓齊鳴，震撼之力，大得不可思議。剛才連經眾人法寶飛劍連攻，紋絲未動的「天星魔網」，此際竟如怒潮起伏，搖盪起來。

紅羽身在半空，連聲嬌叱，「落神坊」紅光萬道，五股烈火之中，一團接一團雷火，向下打去，打得黑雲翻飛，金星亂迸，眼看在黑雲翻動之中，雷火專注的所在，黑雲已漸漸被攻開一個大洞。可是黑雲看來至少有百十丈厚，雖然穿透三、五十丈，下面黑雲仍是翻滾上湧，並未被攻穿。紅羽再一聲大喝，整座巨如山嶽的「落神坊」，陡地向下疾沉。

被攻開的雲洞之外的黑雲，也疾包了上來。就在此際，只聽得天際傳來一聲疾喝。

那一下疾喝聲，竟然比「落神坊」所發的轟發之聲還要驚人。隨著疾喝聲，一股青氣，自天際遠處疾射而下，在青氣之旁，有一道紅光，緊隨其側，紅光之中隱傳霹靂雷電之聲。那一青一紅兩股光芒，來勢快絕，才一入眼，霞兒剛認出那股紅光，像是師門至交，「神駝」乙休的霹靂霞光遁法，兩股光芒已自抵達。

這時，「落神坊」下沉，已快被其疾無比湧上來的黑雲包沒，紅羽正在全力施為，青氣紅光一到，紅羽只覺手上一緊，「落神坊」竟不再聽自己指使。紅羽性烈，不知來者是敵是友，「天刑刀」剛化為兩道銀光電射而出，紅光之中，已現出一個駝背紅臉老人，揚手一片紅光，將「天刑刀」擋住，喝道：「且看老怪物有何本領！」

在「神駝」乙休現身同時，青氣之中，也現出一個貌相清癯的老者，一到就將手一揚，一團五色駁雜的光芒，疾向雲洞之中射去。

那團五色光芒一射出，捲上來的黑雲，已疾如奔馬倒捲上來，將「落神坊」和那團五色光芒，一起包沒。黑雲濃密，兩件寶物一經包沒之後，連一絲寶光也看不見。只見那老者雙臂一揚，雙手一挫，只聽得黑雲之下，陡地傳來一聲大震。

那一下巨震聲，聲音並不大，聽來略覺啞悶，但是一震之威，卻是不可思議，只見濃密無比的黑雲，陡地如開了鍋一樣，向上疾湧起來。

老者和乙休一到，本來已停手的眾人，全離黑雲不遠，黑雲陡然向上翻來，頗有措手不及之感，只有霞兒功力最高，一縱金光，首先避開。其餘各人正待紛紛行法之際，乙休已一聲大喝，袍袖展處，一片紅光疾展而出，將各人一起向上托起百十丈高下。

只見黑雲翻湧之中，五色雷光一閃不見，「落神坊」也已化為千百團雷火，也是一閃即滅，黑雲之中，出現一個丈許方圓的圓洞，只見圓洞之下，原來山頂的黑石平臺已然不見，一座壯麗無比的魔宮，矗立在山上，老者化為一股青氣，正向下疾射而下。

乙休隨即化為一片紅光，也待穿洞而下，但是黑雲中空洞出現，當真只是一眨眼功夫。乙休為免各人為暴飛起來的黑雲所傷，便展神通，將各人托起，就這微一耽擱之際，黑雲重又四面八方湧了過來，雲洞立時隱沒。

等乙休化為一道紅光，穿射而下之際，只穿下一半，黑雲便已湧了上來，將乙休全身包沒。霞兒等人一見，不禁大驚。隨聽黑雲之中傳來乙休一聲巨喝，紅光陡現，只見乙休鬚髮蝟張，臉上已變成紫色，身子暴漲，如同天神一樣，雙手十指之上，各射出一股金光，全身金紅光芒迸射，硬生生將身邊黑雲一起撐開，飛身而上。

乙休一脫困，神情便漸復常態，各人紛紛上來拜見。

乙休一擺手，道：「老魔的『天星魔網』的確不容小視，你們不必白費心機了！」霞兒等人素知此老向不服人，如今竟這樣說，可知「天星魔網」的確非同小可。

霞兒躬身道：「同門多人被困魔宮之中，弟子等總不能坐觀。」

乙休笑道：「丌南公老怪物，果然有點門道，雖然葬送了一座『落神坊』，一枚『五雷紫庭珠』，居然將『天星魔網』震破一個洞，可以穿身而下，且先讓他出點力再說！」

霞兒等眾人這才知道，和乙休同時趕到的那老者，竟是落伽山黑神嶺，旁門之中第一高手丌南公。只是不知何以肯為本門出力，心中俱皆驚疑不止。

第十一回　五行雲錦　藍田玉實

丌南公此來，本非自願，只不過是將話說得太滿，無法下臺，其間經過，霞兒等人自然不知其詳。原來當「神駝」乙休帶了錢萊、火旡害、石完三小，直赴落伽山去生事，乙休遁法，何等快疾，晃眼萬里。

三小本就好事，再加有這位前輩撐腰，就算闖下天大的禍來，也有這位老人家擔待，全都摩拳擦掌，恨不得立時到達，將老怪物的宮殿鬧一個天翻地覆，才快心意。眼看到達，忽見前面有一股其長無匹的青氣橫亙在前，上下高達百丈以上，阻住去路。

乙休一見青氣阻路，將遁光放慢，笑道：「老怪物做賊心虛，偷了人家東西，防主人前來索要，倒早有準備！」隨說，隨向火旡害望一眼，道：「前面青氣，是老怪物採乙木精氣煉成，你這火精可有本事將之破去嗎？」

火旡害笑道：「『太陽真火』正是『乙木精氣』剋星，這有何難！」

乙休微笑道：「乙木可化戊土，正反五行之理，你自然也知道的了？」

火旡害畢竟修行年久，一聽乙休這樣說，知道乙木青氣內藏正反五行變化，丌南公法力極高，必有極厲害的埋伏在內。當下一點頭，道：「多謝乙太師伯指點！」一聲長嘯，立時向前衝去。

乙休將遁光放慢之際，離青氣還有百十里遠近，邊說邊飛行，又飛近了數十里。

火旡害向前射出之際，快絕無倫，只見他整個人已成了一個火人，隨手揚處，太陽真火帶起千丈烈焰，向前激射而出，轉眼之間，便已到了青氣之前，「太陽真火」一和青氣接觸，只聽得「轟」地一聲響，上下數百丈，橫亙幾達百里的一股青氣，陡地被「太陽真火」點燃，化為一片其大無比的火雲，轟轟發發燃燒起來。在那大一片火雲之中，火旡害全身烈火亂迸，往來衝突，雙手所發「太陽真火」還在助長火勢，真是亙古以來未有之奇觀。

石完天真，只見火旡害左右衝突，不見他向前衝去，而火雲中的烈火，似乎越來越熾烈，不禁道：「火師兄已將青氣破去，怎麼不向前去？」語還未了，只見火雲顏色已轉，從紅而黃，自黃而白。火旡害來回飛舞之勢，也緩了下來，彷彿遇有極大的阻力。

錢萊心中暗叫不好，乙休已道：「老怪物果然有點門道，錢萊，你可看出他五行雲帶，要由乙木轉為庚金麼？」

錢萊面有憂色，道：「五行相剋，又轉為庚金，只怕火師兄要吃虧！」

乙休笑道：「你也將這猴頭忒看小了！」語還未了，只見橫亙在前的火雲，已變成奇亮無比，耀目生花，幾乎不能逼視。亮光之中，火旡害十指箕張，自指尖上各射出一股百十丈長的紅光，將四下向他壓來的亮光撐住，全身火光亂迸，陡地一聲暴喝，十指之上，雷火疾生，震天價十響霹靂之聲過處，自火旡害指尖所發出的十團「太陽真火」陡然爆炸。

那十團「太陽真火」爆炸之威，驚天動地，目眩心震，錢萊和石完兩人，只覺得心驚肉跳，一時之間，根本不知發生什麼變故，耳聽得乙休哈哈大笑之聲傳來，忙定睛看去，只見雷火橫竄，眼前那大一片奇亮無比的雲氣，竟被震得四下流竄，最遠的少說也竄射出百十里開外，火旡害更是大展神威，全身在轟轟烈火包圍下急逾閃電，向幾條迅速逃竄的人影疾追而去。

乙休一面大笑，一面袍袖一展，錢萊和石完兩人，身不由己，已被乙休帶著向前飛去，去勢快絕，晃眼之間，見前面幾條人影，已投入一座極其莊嚴宏偉的宮殿之中，火旡害也已追到，宮殿正門，金光隱隱，有兩隻門環，大可徑尺，一白一黑，寶光隱隱，不知是何質地所製。

乙休帶著石完、錢萊二人趕到，落在宮殿前的玉石平臺之上，洪聲喝道：「老怪物！你既敢到柴達木盆地去趁火打劫，如今正主尋上門來，為何縮頭縮腦，不敢出來與正主相見？」

就在乙休發話之際，火旡害雙手連揚，「太陽神針」暴雨也似向門攻到。火旡害的「太陽神針」，乃取「太陽真火」煉成，細如牛毛，發時何止萬千，射向前面，紛紛爆炸，聲勢極其猛烈，不在九烈、軒轅等人所煉的陰雷之下。但這時射向那兩扇光隱隱的大門之上，只激起千道光漩，絲毫未能撼動，乙休話才講完，只見門上兩隻玉環，突然化為兩團白光飛起，一上一下，向火旡害壓過來，那麼厲害的「太陽真火」，竟全被壓了回來。

乙休一見不好，大喝一聲，道：「猴頭小心！這是老怪物鎮山之寶『乾坤雙環』，不可硬拚！」火旡害剛才連發太陽神雷，破那阻路的大片青雲，何等威風，但是這雙圈才一壓上來，火旡害所射出的「太陽神針」，首先化為萬千縷青煙，嫋嫋飛散。火旡害身子縮成一團，困在「乾坤雙環」之中，乾圈在上，射出一團白氣，坤圈在下，射出一團黑氣，已將火旡害整個人包圍在內。

乙休一面大喝，一面向錢萊打手勢，錢萊早就躍躍欲試，立時一縱遁光，身在「太乙青靈鎧」的保護之下，一幢冷森森的青光，疾飛向前。

那「乾坤雙圈」所射出的黑、白二股光氣，已將火旡害包圍在內，看來有著黏阻之極的大力。錢萊一向前衝，立有兩股黑白光氣向錢萊射來，竟將「太乙青靈鎧」的去勢阻住，不能向前。

而在雙圈之中的火旡害，全身縮成一團，周身火光亂迸，看來已得了乙休指點，不再硬拚，只是固守。

錢萊一向前衝去，石完追不及待，不等乙休吩咐，也待向前衝出。身形才動，就被乙休伸手一把抓住，提了起來，喝道：「老在門外，有什麼趣味，夠膽子，進老怪物的巢穴去鬧他一個痛快！」

乙休隨說，隨將石完向地上用力一摔。石完人雖粗魯，但最是膽大，一聽便自明白乙休心意，就著乙休向下一摔之力，施展家傳穿石的本領，立時沒入地中不見。乙休大踏步向前走去，逕自走向乾坤雙圈。

乙休才一走近，又有二股黑白光氣向他射來，乙休伸出蒲扇也似大手，竟然凌空向前便抓，那兩股光氣，能將錢萊的「太乙青靈鎧」阻住，卻被乙休手到擒來，抓在手中，宛若兩條黑白靈蛇，不斷掙扎。

乙休喝道：「老怪物，你那些破家當，連峨嵋第三代弟子尚且奈何不了，五行雲錦已被破去，再不識趣，連這『乾坤雙圈』也要不保了！」隨說，雙手上下一分。射向乙休的兩股光氣，本自雙圈中分射出來，被乙休施展「太乙分光手」抓住，再運用玄功上下一分，雙環立生感應，本來已在向火旡害漸漸擠攏，立時反向分開來。

雙圈一分，火旡害一聲長嘯，化為一溜火光，向前疾射而出，乙休剛想出聲阻止，但火旡害適才被困在「乾坤雙圈」之內，卻被困得犯了惡性。

那「乾坤雙圈」本是丌南公學道之初時就煉成的法寶，採日月星辰的精氣，煉成乾圈，大地山川的煞氣，煉成坤圈。雙圈一合，具中力量，大如山嶽，等到雙圈射出的黑白光氣融而為一，被圍的人，不論仙凡，便無倖理。而且一被雙圈上下合住，越是反抗，阻力越大，火旡害總算一上來就被乙休點醒，被困之後，未曾硬抗，但是那重如山嶽的力道，也壓得他骨痛欲斷。陡然之際被乙休大展神通，將雙圈略略一分，立時身化烈火，向外衝出，去勢快絕。只是火旡害才一衝到門前，兩扇金光隱隱的大門，陡地打開少許，火旡害所化的火光，

「滋」地一聲，已自門縫之中直投進去！看那情形，像是火旡害並非自己投進，而是被門中一股極大的吸力吸進去一樣！

錢萊在一旁，一怔之間，已聽乙休一聲大喝，自他袍袖之中，陡地射出一股金光，逕向停空而立的雙圈之中穿射進去，那股金光去勢快絕，但雙圈也在那剎那間陡地漲大，乙休雙手竟抓不住，二股光氣一掙，連同和錢萊纏鬥的二股一起收回。不等金光射到，光圈又迅速縮小，疾向門上投去，「錚錚」兩聲響，又化為一白一黑，兩隻徑可尺許的圓環，仍掛在大門的狴犴形環頭之上。

乙休的金光射空，也立時收了回來。只見兩扇金光隱隱的大門，正自發出隆隆之聲，緩緩打開。大門打開之後，只見門內青濛濛的一片，以乙休的法力而論，竟也看不透究竟有多深。

同時只聽得一個老人聲音，從門內傳來，喝道：「你這千年壓不死的駝子，自己千年道行差點喪於血神妖孽之手，不敢去尋血神妖孽，卻來我這裡生事，既然來到，如何不敢進來？」

乙休性子最烈，明知丌南公黑神宮大門一開，內裡青氣氤氳，對頭得道千年，在黑神宮之中，必有極厲害的埋伏，聞言依然哈哈大笑，竟大踏步向前走去，一面喝道：「我兩個小友已經登門，你小心防備才好！」

門內丌南公立時答道：「來的小輩，我喜他們膽大，自會另行處置，等他們師長前來要人，你這駝子，卻要叫你來得去不得，我向不好占人便宜。我黑神宮自一入門起，便有種種埋伏，這第一層便是大荒無終嶺之巔，青帝之子，巨木靈君的七枚『乙木神雷』，你不怕生事，只管設法破去。」

乙休本已看出，大門之內的氤氳青氣，一層一層，竟有七層之多，以自己的法眼，一任運用玄功，也看不出有多麼深，定是極其厲害的法寶所化，已疑和乙木有關。及聽老怪這樣一說，不禁又驚又怒。心知凌霄五帝，各掌五行之一，青帝所掌，正是乙木。

那巨木靈君是青帝之子，被謫下九天，在大荒無終嶺，高出雲表之上的青木宮中居住。大荒二老，盧嫗和枯竹老人，曾分別與之鬥法，俱不分勝負，可知厲害。

而巨木靈君的「乙木神雷」更是厲害無比，聚天地乙木精氣煉成，不但與他本身元靈相合，而且一經引發，生生不已，與天地之間的乙木精氣，齊生感應。到時若不能將之圈在一定範圍之內，大地之上，所有草木，一起紛紛爆炸，立成亙古未有之大劫，不知要殘害多少生靈。

丌南公以七道「乙木神雷」埋伏在門口，分明欺自己不敢妄動。乙休自銅椰島和天癡上人鬥法，幾乎引起浩劫之後，心氣已平和了許多。再加目睹藏靈子遭劫，想起自己四九重劫也快到來，行事比往日穩重不知多少。

乙休這時也不禁犯了性子，一聲冷笑，正待衝進去，忽聽天際傳來了一聲大喝道：「駝兄且慢！」

隨著語聲，只見兩股金光自天而降，來勢快絕，金光落地，現出兩個矮子，正是嵩山二老「矮叟」朱梅、「追雲叟」白谷逸。

乙休一見兩人來到，臉色一沉，道：「矮子休來多事，難道我不是老怪物敵手麼？」

白谷逸向朱梅笑道：「你看看，枉他修道多年，還是這副模樣，也不問問我們是來幹什麼的？」

乙休仍有怒意道：「不管你們來幹什麼，我和老怪物動手，只准你倆在旁看看！」

白谷逸向朱梅笑道：「由得你這駝子去！」隨轉頭向門內道：「不識羞的老怪物，枉你得道千年，自己法力也自不弱，卻還叫自己小老婆到處賣弄美色，騙人法寶。這七枚『乙木神雷』給你這老婆騙來，你卻在這裡賣弄，可知巨木靈君犯謫將滿，就要返回天闕，你不怕造孽，寶主人也能容你胡為麼？」

白谷逸話還未了，便聽得門內隱隱傳來爭執之聲，一個似是丌南公，另一個則像他的寵妾沙紅燕。

乙休一聽白谷逸如此說法，眼瞅白谷逸，心想：「這兩個矮子果然精靈，看來曾與巨木靈君會過面，不然何以知道此寶來歷？」乙休一面暗忖，一面不欲示弱，袍袖展處，大團雷火，已向門內疾打進去。

白谷逸和朱梅一見乙休突然出手，不禁大驚，齊聲阻止中，雷火眼看已打進大門之中。乙休一上來，就以本身真火去攻「乙木神雷」，必然將「乙木神雷」引發，看來事情已要一發不可收拾，二人「朱雀雙環」和「天河星沙」若在身邊，或許拚著得罪乙休，還可以挽回。但這兩件法寶，偏又交給了阮徵，乙休發動在先，二人就算也以本身真火去阻，只有更增丙火、乙木相剋之性，事情只有更糟。

就在此際，只聽門內丌南公大喝道：「駝子真不怕造孽麼？」丌南公喝聲未止，陡地一片青色精光，如天虹倒掛，自空而降，來勢快絕，看來只是薄薄一片，但光芒精純，奇亮若電，一閃即至，在間不容髮之際，將乙休所發雷火隔在青氣之前，乙休的雷火威力何等威猛，但被青芒一擋，竟然反彈回來。

朱梅喝道：「駝子快收雷火，正主人來了！」

乙休心中一凜，略運玄功，雷火便自飛回。只聽得空中傳來一個洪亮鏗鏘，震耳欲聾的語聲，喝道：「借我法寶，期限已滿，還不物歸原主？」

隨著呼喝聲，青氣陡地向門內捲去，只一捲，立時回縮，只見青氣之內，裹住七顆大如栲栳，色作深碧的雷珠，迅速上升，勢子快絕，轉眼之際，已自沒入青冥不見。門內青濛濛的光氣消失，立時飛起一蓬彩煙，彩煙之中，現出一個老人，正是黑神宮主人丌南公。

他滿面怒容，戟指喝道：「知機的急速離開，再要在我黑神嶺上生事，那可就走不得了！」

白谷逸笑道：「你看看，可是好人難做是不是？我們一到，駝子先要趕我們走，如今主人又下逐客令，我看還是走吧！」

朱梅也笑道：「我們走不打緊，可是萬里迢迢，從赤杖真人那裡得來的那一枚九千年才一結實的藍田玉實，本來是替老怪物送來的，如今老怪物不要，卻給什麼人好？」

白谷逸一瞪眼，道：「那還怕沒人要麼？再不快走，老怪物法力高強，你沒聽他說要走不得麼？」

二人這一番話，聽在丌南公耳中，不禁呆住了作聲不得。他焉有不知那九千年才一結實的藍田玉實，乃是極難冀求的至寶，自己寵妾沙紅燕，自在幻波池生事，吃了李英瓊毀了玉頰之後，日夜吵鬧，要自己報仇雪恨。因素知峨嵋勢強，不敢妄動。只答應設法替她恢復容貌，但沙紅燕本是元神練成，元神和法身不同，不能只仗法力使之復原。只有赤杖真人宮中藍田玉實，才能令沙紅燕恢復原來容貌。

但丌南公和赤杖真人素無來往，日前曾派門人前去，圖以法寶交換，但派去的門人，未上七層雲帶便為所阻，別說真人，連真人第三代的門人均未見到。

丌南公本意，只要真人見贈一枚三千年結實的藍田玉實，便可令沙紅燕殘容復原，不敢冀求太甚。若是能有一枚九千年結實的藍田玉實，則不但可以令沙紅燕玉顏復原，且可以將沙紅燕附身的那一片青氣除去，完全恢復昔年的美貌，這正是自己不敢冀求之事。

自谷逸和朱梅一到，丌南公只當是乙休請來幫手，絕想不到二人竟會帶有九千年結實的藍田玉實，剛才將話說得太滿，二人已然冷嘲熱諷，平日妄自尊大，此際如何改得過口來？本來已在暗中準備好埋伏，準備話一說僵，立時發動，此際也不敢施為，僵在當地，一時之間，不知如何才好。

而白谷逸和朱梅二人，話一講完，便作勢欲走，乙休在一旁，寒著一張紅臉，冷冷注定丌南公，只想看他出醜。丌南公又急又怒，明知嵩山二老決不好惹，也打算硬將二人截下，先將二人身邊的藍田玉實弄到手再說，至多棄了千年經營的黑神宮不要，索性豁出去，去與軒轅老怪、星宿神君聯手，大舉與正教為敵。

他這裡將心一橫，兩道濃眉向上一豎，剛要發話，只見一溜青光，自門內激射而出。青光之中，裹著一個身形極其窈窕的女子身形，頭上卻被青氣包沒，看不見頭臉，才一出現，揚手便是一股梭形光芒，長只尺許，兩頭均有金星不斷射出。

青氣之中，有一女子聲音道：「當年曾蒙前輩應允，若有急難，定必相助。雖以一次為限，但從未求過，如今嵩山二老帶著藍田玉實，必是前輩不忘昔年允諾，請前輩裁奪！」

那番話，像是對著面前梭形寶光所說，話才說完，梭形寶光一端金光，陡地大盛，沖天直上，去勢快絕，帶著一連串爆炸，轉眼不見。各人俱看出那是一件傳音之寶，也聽出青光之中的女子，正是丌南公寵妾沙紅燕。白谷逸和朱梅二人，對眼前情景恍若不見，還在互相催促要走，語多譏諷。

丌南公聽在耳中，雖然盛怒，但看到沙紅燕已向赤杖真人通誠相求，那藍田玉實，不但可以令沙紅燕玉顏重復，兼且對她修為極有幫助，暫時不敢發作。沙紅燕用他所煉傳音之寶——「九天傳音梭」向赤杖真人相求的原因，丌南公自然知道。

原來沙紅燕最前生，已在丌南公門下，當時赤杖真人學道不久，已是法力高強，為了要探南海海底千年珊瑚，與沙紅燕相遇，沙紅燕先到一步，驚動了海底盤踞的三條孽龍。其時真人也已到達，沙紅燕生性嫉忌，一發覺旁邊有人，立施暗算。真人自然未為所算，反倒將她施以暗算的兩件法寶破去。

沙紅燕又驚又怒，那三條孽龍本就厲害，再要兩面兼顧自然不敵，立被孽龍所噴毒煙困住。真人這才出手，將孽龍殺死，取走千年珊瑚，臨走之際，向沙紅燕說道：「我遲來一步，總有占人便宜之嫌。我看你根骨資質皆是上乘，但幾生情孽糾纏，魔難越來越重，將未必有甚好結果。若能處處行走正道，不仗你師父法力高強，任性胡為，事非不可挽救。到你非尋人相助不可之際，我必助你一次，望好自為之！」

真人說完飛走，沙紅燕當時自恃法力高強，乃師又是旁門中知名人物，如何肯領人情？非但不感激，反倒因為千年珊瑚被人帶走，心生怨恨。真人臨走時，還趁機發了一枚「散花針」，想打傷真人，被真人順手一道金光，將「散花針」破去，人也不見。

沙紅燕當時回來向丌南公哭訴，丌南公也曾想替她報仇，但不久真人法力更高，已然移居東海盡頭，七層雲帶之上，不問世事，丌南公也無可奈何。時隔日久，丌南公和沙紅燕均已將此事淡忘。直到沙紅燕幻波池毀容之後，想要藍田玉實，幾經打探，才知藍田玉實是在真人宮中，藉著昔年這段因由，派人前去卻又沒有結果。

當丌南公現身之際，沙紅燕已隱身在側，及至聽得白、朱二人對話，乃師面有難色，因為關係本身太大，是以拚著事後被丌南公責罵，現身出來以傳音天梭，向赤杖真人相求。

「九天傳音梭」是丌南公所煉，只要對之講話，行法催動，相隔萬里，片刻可達，會將所說的話，向對要傳話之人重複一遍，並將對方的回話帶來，極其神妙。丌南公黑神宮前，埋伏重重，本來心念略動，便可發動，偏偏又不敢發動，眼看白、朱二人金光展動，已起在半空，空自著急，只得暗中行法，催動「九天傳音梭」。只聽一陣爆音，迅速傳了回來，梭形寶光已然飛回。

朱、白二人停在半空，互相笑道：「且聽真人如何說法，再走不遲！」

三人遁光停在半空，「九天傳音梭」眼看飛落，在二人身前飛過之際，朱梅一伸手，平空便將梭形寶光抓在手中。

沙紅燕在下面一見，不禁大急，立時縱身而起，青光一閃，也到了半空之中。那梭形寶光在朱梅手中顫動不已，寶光閃耀之中，聽到赤杖真人的語音自梭中傳出，道：「我自言出必踐，但你不妨自己想想，這些年來所作所為，可曾遵我昔年告誡？你幾次糾合妖黨往幻波池生事，倒行逆施，連你師父近年也知謹畏天命，也被你煽動蠱惑。事急找我，我便不依昔年言語，又何嘗算食言？藍田玉實已交白、朱二位道友，自然聽憑白、朱二位道友處置，是福是禍，只在你自己一念之間！」

真人語音發完，便自寂然。朱梅將手一鬆，沙紅燕聽得真人如此說法，又急又驚又羞，一時之間，僵呆不知所措，連傳音寶梭也不記收回。丌南公也是急怒交集，喝道：「還不收寶？」

沙紅燕向寶梭一招，收了回來，望向白、朱二人。

白谷逸笑道：「真人說得有理，我們愛給就給，不愛給就可不給！」

朱梅道：「你敢不給，小心老怪物施法，將你擒住，不怕你不給！」

白谷逸笑道：「到時，我至多先將玉實毀去，看他上哪裡再找一杖去！莫非他真有本領，到赤杖真人那裡去硬搶麼？」

朱梅道：「這倒也說得是！老怪物除了趁火打劫之外，真要明刀明槍，我看他也不敢！」

二人你一言，我一語，說得丌南公臉上一陣青，一陣白，而且二人言語中，顯然已經看出丌南公準備硬來。

丌南公知道二人早有準備，還有乙休這樣的強敵在側，就算埋伏一起發動，也難以一舉成功。心念略轉，暗忖：「自己不便開口軟求，但沙紅燕名義上總是自己門下，就算開口軟求，嵩山二老名滿天下，以沙紅燕的身分，就算稍為降低，也不算丟人。」主意打定，便以獨門傳聲之法，告知沙紅燕。

沙紅燕本來早打算軟求，只是礙著丌南公的面子，一聽傳音，立時向二老各施一禮，道：「二位前輩，真人昔年告誡，並非全然忘記。一切皆因原身被毀而起，心切復原，屢次前往幻波池，也因聖姑已然道成，『毒龍丸』本是無主之物，既然聖姑遺命，物有所歸，也無話可說。二位前輩若能見憐，將藍田玉實擲下，感激之情，永難忘記。」

白、朱二人互望一眼，白谷逸笑道：「要你講出這番話來，也不容易了。令師法力極高，以旁門修成正果，也並非不能。本門連山大師，便是以旁門成道，是福是禍，本在一念之間，你們師徒俱是明白人，自然不必我多來饒舌，藍田玉實在此，你接住了！」

白谷逸說著，將手一揚，一團柔和之極的銀光，其中隱泛紅色，已自向沙紅燕緩緩飛來。沙紅燕沒料到這麼容易，一求便自得手，喜出望外，感激莫名。剛才雖然口風已軟，究竟心中憤怨。此際一見九千年結實的藍田玉實已向自己飛來，感激之情油然而生，將赤杖真人昔年所說，和白谷逸剛才的話細一玩味，畢竟修道多年，立時醒悟，雙手將藍田玉實接在手中，轉向東方，恭恭敬敬跪下，道：「多謝真人厚賜！」

朱梅笑道：「白矮子，我們做了好人，人家可並不領情哩！」

沙紅燕站起，道：「二位前輩莫再取笑，我已知真人一片好心，昔年種種行為，決不再有，可請二位放心！」又向二人行了一禮，落在丌南公身邊。

乙休一見沙紅燕落下，向上喝道：「矮子裝模作樣，好人已經做完，可以走了！我不像你們這樣無恥，不會怕老怪去和其他妖孽聯手，我和他還有事，你們請便吧！」

朱梅笑道：「且慢，藏矮子遭劫，我們得訊較遲，未曾出力，心中很過意不去，如今要為他出點力！」

乙休冷笑不語，朱梅又道：「老怪物對於元神凝聚，頗有獨到法門，他既奪走了藏矮子一道聖泉，罰他助藏矮子元神一臂之力，豈不應該？況且藏矮子元神在駝子身邊，等一會鬥法之際，心有顧忌，難展所長，也不公平。老怪物，駝子，你們說可是？」

乙休還未說話，丌南公已經笑道：「小徒受二位大惠，自當遵從吩咐！」

白谷逸道：「老怪物，你可別表面答應，暗中陰損害人！」

丌南公勃然變色，道：「白矮子，你說這種話，實在枉為修道人！」

白谷逸本也素知丌南公雖在旁門，但自視極高，生平也無多大惡行，雖與正派為敵，全是因為縱容門下，主要是和他三生情孽糾纏的沙紅燕而起。如今沙紅燕已迷途知返，丌南公也必然不會無故生事。

二人來前，曾謁見赤杖真人，真人談起丌南公為人，說他為人，介乎正邪之間，若是逼得他太緊，逼他投向妖邪一邊，實是大患，未可輕視，所以才以送藍田玉實而踐真人昔年諾言為名，來此化解。

第十二回　黑宮鬥法　混沌一氣

白谷逸當下笑道：「老怪物別發急，我這樣說，是要駝子和藏矮子放心，你向來說一不二，連『落神坊』這樣的至寶，尚且肯拱手讓人，我還有什麼不放心的？」

丌南公聽對方又在言語中刺了自己一下，素知二老口舌之中，向不饒人，再說下去，說出來的話只有更加難聽，是以悶哼一聲，不再言語，只是向乙休望去。

乙休沉聲道：「藏矮子，你意下如何？」

藏靈子元神在乙休袖中，雙方對話，全聽得明明白白，乙休一問，便自答道：「讓老怪物添點麻煩也好！」乙休不再多問，衣袖一展，藏靈子元神，便冉冉飛出，飛向丌南公。

丌南公口一張，一股青氣噴出，立將藏靈子元神包沒。

白、朱二人一看這等情形，更是放心。須知那股青氣，是丌南公本身三昧真氣所化，丌南公肯以本身三昧真氣相助藏靈子元神，也出乎二人意料之外，此舉大是損耗本身元氣，若非真心誠意，斷不肯如此。

白谷逸笑道：「老怪物，你雖得了一股聖泉，看來卻是蝕本生意！」

丌南公並不答話，將手一指，那股青氣，裹著藏靈子元神，向門內飛去，轉眼不見。丌南公轉向乙休，道：「小徒既得藍田玉實，我要行法相助，駝子有本領，只管攻進來，失陪了！」

丌南公話才說完，和身邊的沙紅燕一閃不見，乙休正一聲大喝，待要出手，忽聽宮中，傳來一聲巨震，一股墨綠色的光華，夾著雷電之聲沖天而起，在半空中略一盤旋之際，自綠光之中，「石火神雷」不絕打下。自下面宮殿之中，飛起四股銀光，直上半空，交織攔阻，綠光再向上衝，已為銀光所阻。

只見綠光之中，一個醜童手亂揚，「石火神雷」不絕打下，重又向下衝去，轉眼又沒入宮中不見，來去神速。同時，錢也在太乙青靈鎧身之中，向前直衝進去。乙休也待趕進去。

白、朱二人飛身而下，道：「駝子，老怪物正在行法，你好意思去佔便宜嗎？由得小輩去鬧，豈不是好麼？」

乙休怒道：「好人歹人，都叫你們做了。」

朱梅笑道：「駝子又來了！你不是不知老怪物人並不壞，只是心高氣傲，妄自尊大。你一意孤行，會有什麼好處。峨嵋齊道友的話，你又忘了麼？」

乙休冷笑道：「任你們怎麼說，我不信他黑神宮中真有多人神通，他若有意改過向善，他門下那幾個妖徒，我就容不得，就代他清理門戶，有何不可？」

乙休一面說著，一面黑神宮大門之內，已有雷聲隱隱傳來。

白、朱二人一聽，便知乙休已然身外化身，元神化身已給攻進黑神宮去，卻留著原身，與自己對答。以自己的法力而論，竟也未看出，不禁又是嘆服，又是好笑。

朱梅道：「駝子小心，逆天行事，必無善果！」語還未了，只見乙休陡地面現怒容，一閃不見。

原來乙休化身，攻進門去，門內那團五色光華，也是丌南公一件至寶，乙休存心給對方一個下馬威，一上就全力以赴，才一進門，五色雲光包圍上來，袍袖展處，金光電射而出，「嗤嗤」兩聲響，金光到處，五色雲光便自飄散，乙休向前直衝，已經衝進一條漆黑無光的長弄之中，眼看前面有一點亮光閃耀，乙休指著金光，向前疾射過去，轟地一聲巨響，那點看來不過徑寸的亮光陡地爆散，向乙休身前射來，震撼之力，大得出奇，前所未經，身外化身竟有難以抵禦之勢。

乙休立時原身趕來相合，全身紅光迸射，將射向前來的電光雷火，俱皆阻擋在紅光之外。但是雷火愈來愈多，乙休仍在向前急衝，一時之間，竟衝不出雷火的包圍之外，心想這是什麼法寶，怎有如此驚人威力！

原來丌南公藉名要替沙紅燕行法，身形退去，實則藍田玉實既已到手，何必急在一時，退去之後，先將沙紅燕和藏靈子的元神安置妥當，早已出來親自主持。老怪除了要應付乙休之外，還要應付火旡害，石完、錢萊三小。火旡害一到，就被老怪地藏輪困住。石完自地底穿入，施展家傳石火神雷，四下亂發，本身又具穿石本能，轉眼之間，便已深入黑神宮底。

丌南公的弟子紛紛前來迎敵。這些弟子平日仗著乃師丌南公的聲名威望，凶橫已慣，向例有我無人，何況來人欺上門來，一時妖法異寶，齊向石完包圍過來。偏生石完天生異秉，邪法無奈其何，家傳石火神雷又無堅勿摧，發之不已。穿地而入，上來之際，恰好是在丌南公宮中的煉丹房之中，一到便將丹爐毀去，並還打傷了幾個人。

眾弟子更是急怒攻心，石完只是存心搗亂，並不戀戰，一經得手，立時穿入地下，然後又在別處穿地而出，再大鬧一番。丌南公門下弟子雖多，邪法異寶也各有所長，但遇上石完這樣打法，也措手不及，紛向乃師告急。偏生宮外強敵已到，神駝乙休、嵩山二老，哪一個也不好惹，不但丌南公要全力應付，沙紅燕且趕出去軟言相告。石完在宮中鬧得實在太厲害，丌南公在宮外，一面和二老、乙休應對，元神化身已然回轉。

丌南公一到，可不比他那些弟子容易欺侮，石完正在得意洋洋，雙手石火神雷發之不已，猛覺發出去的雷火，聲音瘖啞，一大團一大團雷火，不再四下迸射，只是隨著瘖啞的爆炸聲，隨發隨滅，還不知厲害。這時他正身在一個殿堂之中，四周本有六七人圍攻，也突然不見，一片灰沉沉的濃霧迅速向他身上壓來，尚未壓到，便已覺得沉重無比！

石完還在四面張望，想尋敵人晦氣，猛地瞥見灰霧之中，一個貌相清癯的老者凌虛而立，也不知是何時出現，正滿面怒容注視自己。石完與之目光才一接觸，心頭便自大震！心知丌南公親身來到，重施故技，立時又向地下穿去。

怎知丌南公元神一到，已然施展陣法，將石完困住，正待進一步施法，沒料到石完見機如此之快，立時想要逃走，丌南公將手一指，陣法倒轉，以下為上。石完本是急速向下穿去，一經倒轉陣法，便變得向上升起，去勢太快，南公的陣法還未及全力旋展，竟被石完直衝了出去，穿透宮殿上的禁制，直飛出宮殿之外。

石完穿出宮殿之外，若是趁機遁走，南公也拿他無可奈何，偏是膽大生事，覺出自己輕輕易易便自脫困，將事情看得太易，一經遁出，立時又再向下衝去。丌南公被石完逃脫，原是一時疏忽，等到石完再來自投羅網，如何還有機會，才一入宮，一團灰濛濛的光華迎了上來，立時將石完全身包沒。

石完「石火神雷」再發出去，連炸也不炸，便自消滅，四下壓力，重如山嶽，這才覺出不妙。同時，包在他身外的那團灰雲迅速旋轉起來，越轉越快，轉眼之間，轉了萬千轉。直轉得石完神魂欲飛。

石完正在無法可施之際，猛見前面，又是一團灰雲，雲中火光迸射，火旡害的厲嘯之聲不斷傳來，石完忙叫道：「火師兄別急，我來了！」

石完人最天真，此際他和火旡害一樣，被困在老怪的「混沌　炁陣」之中，脫身不得，卻還要去救火旡害。他這裡才一叫，灰雲迅速移動，和困住火旡害的那團灰雲，兩下一碰，兩團灰雲立時合而為一，加大一倍。石完只見火旡害在一團烈火包圍之下，神情又急又怒，還未開口，身上一熱，護住火旡害的紅光，已將他也一起護住。

石完和火旡害會合，心中大喜，忙道：「大師兄，我帶你衝出去！」語還未了，只聽不遠傳來南公「哈哈」一聲長笑。火旡害瞪了石完一眼，道：「我們被老怪困住，也不算丟人，不必硬衝！」

火旡害見多識廣，知道南公這「混沌一炁陣」，是旁門之中第一大陣，最是厲害。本身若非具有絕大神通，便不能在兩天交界之處搜集天地初開之際殘餘的混沌之氣而煉成此陣。陣中威力，火旡害也未曾親歷，只聽人說起。此際他不欲示弱，又不想石完亂來，是以才如此說法。怎知石完全然不領會火旡害的意思，火旡害話才說完，石完大頭一晃，人已化為一股墨綠色的光華，帶起一陣雷火，向外疾衝而出，火旡害想攔卻沒攔住，石完已自衝出，才一穿進灰雲之中，便聽得石完驚呼之聲。

石完衝出之際，身劍合一，隨著那一聲驚叫，去勢陡地變緩，墨綠色的劍光，停滯不動，石完人已向灰雲中投去。火旡害一看不妙，拚著自身受傷，正待去將石完搶救回來，猛瞥見青熒熒一幢光芒，斜刺裡疾飛過來，已將石完罩住。

石完落在青光之中，看來人已昏迷不醒，青光之中，錢萊正扶住石完，向前飛來。火旡害縱紅光向前迎去，倒並無再受阻攔，兩人順利合在一起。火旡害以本身「太陽真火」所化紅光，護住三人，再以錢萊的「太乙青靈鎧」圍在外層，看石完時，人已昏迷不醒，一張醜臉，已成灰色。石完的飛劍，在灰雲之中自由浮沉，之後卻轉眼不見。

錢萊先將身帶靈符，塞了一粒在石完口中，看到火旡害滿面悲憤的神情，似要拚命，忙道：「乙太師伯和老怪物說好，要強攻入宮，我們不妨在此堅守，等時機來到，裡應外合。真要不行，我將枯竹老仙所傳靈符發出，替老怪物弄點麻煩！」

火旡害一聲長嘯，道：「錢師弟說得是！」兩人才交談幾句，眼前情景忽變。本來，紅光、青光之中，只是一片混沌，灰濛濛的一片，什麼也看不見，四周壓力，重得出奇，兩人連運玄功，方能與之對抗。此際，自灰雲正中，陡地起了一股白線，那股白線伸延展得極其迅速，轉眼間，便將身外灰雲分為上下兩半。

火旡害和錢萊正不知發生什麼變化之際，忽見灰雲被分成上下兩半之後，正在翻騰浮沉，清者上升，濁者下沉。漸漸，腳下現出山川大地之形，而頭上，則現出日月星辰。初現時看來還十分朦朧，逐漸清晰，只覺自身越來越小，灰雲所變化生出的山川河流，日月星辰越來越大，竟如置身於宇宙之中，而身外除了他們三人之外，再無一人情景。

火旡害雖然得道多年，看了這種情形也不禁駭然，抬頭向上一看，日月生輝，光芒朗耀。

火旡害無意之中，向頂上的紅日多望了一眼，猛覺得紅日之中，似有一股極大的吸引力，吸得自己神魂欲飛，心中暗叫不好，連忙收回目光時，已覺心神難以鎮定，全身煩躁，恨不得能衝出去，直投向那一輪紅日之中才覺快意。

同時，那一輪紅日的光芒也越來越強烈，火旡害所發「太陽真火」所化的紅光，竟像是被那紅日中的光芒點燃，也在迅速的變色，並且冒起絲絲縷縷的香煙來。

錢萊在一旁，看出情形不妙，忙道：「大師兄，魔陣厲害，快收『太陽真火』，免為所算！」

火旡害心頭一震，略一猶豫，已覺得一股灼熱無比的熱力逼近身來，這一驚實是非同小可！須知火旡害乃是秉丙火之精而生，自來只有他以「太陽真火」灼人，從來也未曾遇到過如今這等，被人以火制火，引他本身真火反焚自身的情形出現過。知道本身「太陽真火」若是一收，變得只仗錢萊的「太乙青靈鎧」護身，情形更是凶險。但如果再不見機，眼看自身「太陽真火」被對方以魔法利用，反焚自身，千年道行就要傷於一旦！心念電轉之間，立時運用玄功，將所發「太陽真火」收了回來。

只見紅光一閃，便自不見，但終究還是慢了一步，魔法已全力發動，火旡害在收回真火之際，只覺一團其大無比的日輪之影，向自己當頭罩下，當下法力全失，昏迷不醒，倒在青光之內。

錢萊一見，心中大驚，一面以全力施為，發揮「太乙青靈鎧」的威力，一面去看視火旡害時，只見他雙眉緊皺，似在忍受極大痛苦，連喚數聲，皆無回應。錢萊心中暗驚，已取了一片枯竹老人的竹葉靈符在手。可是他這裡還未發動，又聽得一個老人口音，哈哈一笑，眼前陡地一黑，天旋地轉，四面重又變成一片灰雲，壓力重如山嶽，自四面八方擠來。「太乙青靈鎧」立時被擠進了丈許。好在並未再向內縮小，青光也越見熒然。

丌南公的「混沌一炁陣」乃是旁門中的最高陣法，一旦陣形變化，現出山川大地，日月星辰之後，被困在陣中的人，只要一起感應，立時以本人功力反攻自身，防不勝防。本來，在火旡害受傷昏倒之後，丌南公只要再發動陣法，錢萊也難倖免。但一則錢萊護身的「太乙青靈鎧」乃是枯竹老人鎮山之寶，既以此寶贈人，和持寶人必有淵源。丌南公才結下「神駝」乙休這樣一個強敵，倒也不敢輕易再惹枯竹老人。

二則丌南公本性最喜靈慧膽大的幼年孩童，火旡害等三人雖隨乙休前來，且大鬧神宮，但丌南公心中喜愛之心不減，對付石完、火旡害之際，都手下留情，一見對方昏倒，便不再施為。

三則此際乙休已然攻入。乙休不比他人，可以用元神化身應付，是以收了陣法，暫將三人困住，全神去應付乙休。

卻說當時乙休通體紅光亂迸，向前疾衝，可是四周圍一團又一團雷火，爆散不已，每一團雷火爆散開來，化為千百，再行爆散，越聚越多，以乙休的神通而論，竟也有難以再向前去之勢。

乙休自與他夫人韓仙子和好之後，韓仙子白犀潭中的法寶，帶在身上頗多，本來準備見了小輩，隨手賞賜，並沒打算自己使用。以他法力之高，隨便出手，玄功變化，尋常妖邪便自望風而逃，如何敢來招惹。可是丌南公的黑神宮之中，埋伏究竟非同小可。

這億萬生化不已的雷火，是甚來歷，乙休一時之間也認它不出。幾次運用玄功變化，向前衝去，全為所阻，怒火迸發，大喝一聲，手揚處，一溜烏光已電射而出。

那溜烏光才一射出之際，細才如指，可是威力已是非凡。才一出手，凡在烏光附近的雷火，嗤嗤連聲，一口真氣噴出，便自化為濃煙而散。

乙休大喝一聲，一口真氣噴出，烏光陡地加盛，匹練也似一道烏光，直射向前，烏光之中，隱隱有億萬縷黑煙流動，阻住雷火，消滅更多，乙休仗著烏光開路，向前直衝。再聽得丌南公大喝道：「駝子怎麼連當年給老婆的嫁妝都用出來了？」

原來那道烏光，是乙休和韓仙子早年合煉之寶，採白犀潭底奇陰至寒之氣煉成，專滅妖雷魔火，威力極大，叫做「犀照環」。煉成之後，用過幾次，後來因被同道嘲笑，說這類至陰至寒之氣煉成之寶，正經人向不使用，不夠光明正大，是以才棄而不用。

但韓仙子幽居白犀潭，卻正好用得著此寶來降伏妖精水怪，是以歷年來勤加祭煉，威力只有更大。此際一使出來，正好是丌南公用來圍困乙休的天雷神火剋星，眼看身前烏光已將雷火衝開一個大洞，乙休就勢飛入。轉眼之間，便已飛進了百十丈遠近。

乙休去勢快絕，身後雷火，雖似在飛舞爆散，追逐而來，但已全被拋在身後。乙休看到前面，是一座極其高大，金光閃耀的大門阻住去路，又是一聲暴喝，烏光直向大門之上撲去。

烏光一撞上去，門上泛起一道金光急漩，旋轉得極其迅速，將烏光緊緊咬住，乙休不但不回收烏光，反而加緊施為，同時雙手箕張，十指之上，射出十股金光，直射向前。

再聽丌南公大喝道：「你們讓開，駝子拚命來了！」話還未了，只聽得一聲巨震，眼前大門，轟然震開，烏光向內一衝，怪叫聲中，立時有九條人影，被捲進烏光之中一閃不見。乙休也跟著直衝進來。

說時遲，那時快，那兩扇大門雖然震開，並未碎裂，烏光才一衝進，兩扇大門立時化為兩團金光，向烏光反包了上來，立將烏光包沒。同時，丌南公大喝聲中，一團黃雲，四面八方湧了上來，來勢絕快，轉眼之際，已將乙休全身圍住，乙休仗著指尖射出的十股金光，將重如山嶽，壓上身來的黃雲，緊緊撐住。

他這裡還未來得及施為，只聽得又是一下巨震，夾著不少人的慘叫之聲傳來。乙休心知丌南公用來包圍自己所發「犀照環」的兩扇金光閃耀的大門，也是旁門至寶。「犀照環」既被收去，如何還曾爆炸？自己又並未施為，莫非是老妻已得訊趕來不成？

乙休心念才轉，便聽得乃妻韓仙子的聲音罵道：「老怪物，今日你劫數到了！」

隨聽丌南公悶哼一聲，眼前金光一閃，一柄金劍，長不滿一尺，帶著嗤嗤聲響和極其強烈、耀眼生花的金光，已然刺透黃雲，直飛了進來。黃雲一被攻破一洞，乙休大喝一聲，反手便抓，先自指尖的十股金光陡地展布開來，將四周黃雲一起包住。金光回收，乙休的掌心之中，已多了兩顆其色晶黃，徑可寸許的雷珠，還在上下跳擲，但被乙休掌心上所發的一團金光緊緊包住。

黃雲一散，乙休已看到韓仙子手指兩口金劍，正與丌南公所發的兩道青光鬥在一起。

丌南公滿面怒容，一手暗掐法訣，正待另施大法。

韓仙子道：「你手中所持，是老怪物的『戊土雷珠』，何不以其人之道，還治其人之身，看看這雷珠究竟有多大威力！」

乙休夫婦，全是一樣脾氣，性子偏激。乙休一聽韓仙子這樣說法，已知韓仙子的心意，是要用丌南公的「戊土雷珠」將他的黑神宮炸去。聞言大叫一聲：「好！」雙手一揚，手中兩粒「戊土雷珠」已然冉冉飛起。

丌南公一見，又驚又怒，喝道：「駝子你不怕造孽麼？」

乙休哈哈大笑，手指處，兩股極闊的金光射出，直射向懸在身前的雷珠之中。

南公心知自己所煉「戊土雷珠」的威力，這兩顆小小雷珠，一經爆炸，化生億生，與大地精氣感應，不但整座黑神宮，立時化為烏有，連落伽山也會整座傾坍，現出一個極大深洞，方圓千里，立成死區，雷珠再一深入地底，將地底之中的陰火引發，那更是不可收拾。

此寶煉成以來，丌南公還未曾用過，本與心靈相通，收發如意，但此際看到乙休將兩股金光射向雷珠，想要將之引發，連運玄功，卻收不回來，知已被對方行法，將之隔斷。眼看雷珠若爆，威力之大，至多只有眼前三人能保全身而退，其餘所有人，連沙紅燕在內，只怕卻未能倖免，如何不急。

眼看兩股金線，直射「戊土雷珠」，丌南公心中一急，豁出斷送數百年苦練之功，一面大喝，一面元神已離身飛起，電也似疾，直向「戊土雷珠」飛去，雙手一伸，已將雷珠搶在手中。

正在此際，只聽乙休哈哈大笑，道：「老怪物，你上當了！」語還未了，兩股金光，已直向丌南公元神射來。南公元神之上立時迸起一股青光，將兩股金光擋得一擋，韓仙子一聲長笑，手揚處，一股淡得已非目力所能辨認的五色輕雲，又已當頭罩下。

南公一眼便看得出那是一件異寶，自己元神若被罩住，便成網中之魚，勢難復體，滿腔悲憤，咬牙切齒，陡地飛出一柄玉刀，向自己心口刺去，準備使用旁門之中「天魔解體化身大法」與之一拚。突然之間，一聲巨震，三人動手的殿堂大頂整個揭去，飛向天空。

同時，一團淡金色的佛光，隨著一聲佛號，自天而降，佛光看來極其祥和，但來勢快絕，後發先至，竟趕在韓仙子所發的那一團五色輕雲之前，將之擋住。同時，只聽梵唱之聲，自天際傳來，晃眼間便如在身前。自天際遠處，一道黃光如天虹倒掛，直瀉下來，黃光之中，現出一個身形高大，面白如玉，兩耳垂輪，獅鼻闊口，手持拂塵，威嚴無匹的僧人。黃光之外，祥雨霏霏，靈光閃閃，滿天花雨，直如菩薩現金身一樣。

那高大僧人身在黃光之上，朗聲道：「駝子趁人之危，不算好漢！」

乙休怒道：「你這老魔頭，既然皈依佛門，便該閉門讀經，如何還來多事？」

金光之中的高大僧人，不是別人，正是高黎貢山神劍峰魔宮主人，已然皈依佛法的屍毗老人。

當下老人嘻著一張闊口，笑道：「駝子你錯了，丌南公若不是怕『戊土雷珠』爆散，造成大禍，如何會上你當?便這一念之仁，已是我道中人，還有什麼不可化解的?」

老人一現身，佛光將韓仙子所發五色輕雲阻住，丌南公已經元神復體，收起了「戊土雷珠」。神情怒極，老人說話之際，望著丌南公，大有深意。

丌南公恍若未聞，喝道：「旁人休來多事，我偏不信我收拾不了駝鬼夫婦！」

韓仙子一聲冷笑，道：「老怪物還在吹大氣，不是老魔頭多事，你元神已成網中之魚了。」

丌南公也不與爭辯，一聲冷笑，面上青氣大盛，殺機迸現。乙休已過來和韓仙子並肩而立，五色輕雲也已收起，佛光同時不見。

屍毗老人道：「南公，你我道路雖然不同，也不是沒有人以旁門成道。可是這些年來，你縱容門下弟子，種下不少惡因，難道就不怕最後一次天劫麼？」

丌南公面色一變，冷笑道：「老魔頭少說是非，是敵是友，不妨明言！」

屍毗老人哈哈一笑，道：「是敵是友，有何分別？你認為最親者莫過於自己，可是最與你為敵的，又何嘗不是你自己？」

南公聽了，陡地一震，似想反駁，但口唇掀動，卻未出聲。

乙休冷笑道：「老魔頭你自己才悟道多久，便來勸人，他要是勸得醒，也不會越入迷途越深了！」

丌南公怒道：「剛才若不是我捨身護住『戊土雷珠』，也不知誰入迷途了？」

屍毗老人笑道：「你們不必在此爭論，眼下峨嵋弟子不少被困在星宿海魔宮中，駝子你自恃神通，何不將他們救了出來？」

丌南公冷笑道：「他連自己帶來的三個小輩尚且護不住，何論其他！」

乙休怒道：「我將你黑神宮夷為平地，自然會放他們三人出來！」

丌南公冷笑道：「只怕沒有那麼容易！」

屍毗老人一展拂塵，道：「我適才來時，曾用天眼通觀看星宿海上情形，看到一位峨嵋三代弟子正用落神坊在攻天星魔網。你們在鬥法，據我看也難分勝負，不如各展神通去救人，才顯本事！」

丌南公冷笑道：「我為什麼要去救峨嵋弟子？」

屍毗老人道：「南公，被困峨嵋弟子之中，有齊真人之子齊金蟬在內！」

南公冷笑一聲，道：「那又怎地？」

老人道：「前古奇珍，天心雙環，業已二次出世，正落在齊金蟬和他愛侶朱文手中，你難道不知道麼？」

兀南公一聽，心頭不禁大震。原來南公當初學道拜師之後不久，他師父即爾羽化仙去，臨走之前，將南公召來，道：「你根骨資質皆是上乘，在我門下本可無礙。可惜我道成仙去，你不久必因情孽牽累，身入旁門。不論你多麼能潔身自愛，你生性偏窄執拗，必欲以旁門成道，為修道人豎一異幟，可是到後來總是力不從心，最後一次天劫，必難度過，除非到時天心雙環再次出世，你能得天心雙環之助，才能過此難關。我言盡於此，修為看你自己了！」

其師仙去不久，南公果然身入旁門，多少年來，卻未曾忘記這番話。近年來，聞說天心雙環已然出世，也在暗中留意，此際聽得屍毗老人提起，心頭自然難免震動。但他一向不肯服人，妄自尊大已慣，冷笑道：「那也與我無關——」伸手一指乙休，道：「他傷殺了我不少門人，我將峨嵋小輩自星宿魔宮帶來此處，揀合心意的收歸門下，倒也不錯！」

乙休冷笑道：「憑你也配！你要不自量力，只管去試試，我們夫妻，看你有何神通！」

南公一聲長笑，隨著長笑聲中，一股青氣陡地冒起，人已不見。

乙休一見，立時一聲大喝，全身紅光亂迸，人也不見，施展霹靂震光遁法趕向前去。

兩人一走，韓仙子也待縱遁光追去，卻被屍毗老人所阻。

老人道：「南公逃去，是他來日大難之始。不必再去推波助瀾了。」

韓仙子本來向不服人，但素知老人自從皈依佛法後，法力更高，洞悉未來，此舉必有深意，是以也不為已基，道：「拙夫帶來的三個小輩還被困在黑神宮中，難道也不管了？」

老人笑道：「這事容易！」隨說，手中拂塵向前一拂，一片金光激射而出，轉眼之間，一陣轟隆之聲自遠而近傳來，金光之中，裹著太乙青靈鎧，青光中火旡害、錢萊、石完三人，盡皆昏迷不醒。

老人待青光光幢飛到身前，手指處一道佛光穿入，在三人身上圍繞急轉，三人次第醒轉，老人向三人微一點頭，一片佛光閃過，人已不見。

韓仙子笑問三人道：「適才救你們的是屍毗老人，你們可要跟我去星宿海看看熱鬧？」

三人本來受傷著實不輕，但經佛光繞體之後，精神清爽，神智空靈，聞言大喜，忙隨著韓仙子一起，遁空而起，往星宿海飛去。

請續看《紫青雙劍錄》第十卷　吸星・決鬥

天下第一奇書

紫青雙劍錄 9 雙凶・黑獄

作者：倪匡 新著 ／ 還珠樓主 原著
發行人：陳曉林
出版所：風雲時代出版股份有限公司
地址：10576台北市民生東路五段178號7樓之3
電話：(02) 2756-0949
傳真：(02) 2765-3799
執行主編：朱墨菲
美術設計：許惠芳
業務總監：張瑋鳳
出版日期：2023年5月
版權授權：倪匡
ISBN ：978-626-7153-66-6
風雲書網：http://www.eastbooks.com.tw
官方部落格：http://eastbooks.pixnet.net/blog
Facebook：http://www.facebook.com/h7560949
E-mail：h7560949@ms15.hinet.net
劃撥帳號：12043291
戶名：風雲時代出版股份有限公司

風雲發行所：33373桃園市龜山區公西村2鄰復興街304巷96號
電話：(03) 318-1378　　傳真：(03) 318-1378
法律顧問：永然法律事務所 李永然律師
　　　　　北辰著作權事務所 蕭雄淋律師

行政院新聞局局版台業字第3595號 營利事業統一編號22759935

國家圖書館出版品預行編目資料

天下第一奇書之紫青雙劍錄／還珠樓主 原著；倪匡 新著. -- 臺北市：風雲時代出版股份有限公司, 2022.11
冊；　公分.
ISBN : 978-626-7153-66-6（第9冊 : 平裝）

857.9　　　　111016918